카가미 타카야 지음
야마모토 야마토 일러스트
정대식 옮김

흡혈귀 미카엘라 이야기 1

종말의 세라프

Seraph of the end

학산문화사

CHARACTERS

하쿠야 미카엘라

본래는 인간. 흡혈귀의 도시에서 도주를 꾀했으나 실패. 사망한 것으로 알려졌으나 흡혈귀가 되어 생존해 있었음.

하쿠야 유이치로

미카엘라의 친구. 흡혈귀의 도시에서 탈출하여 흡혈귀에게 복수하기 위해 일본 제귀군에 입대함.

STORY

미지의 바이러스와 흡혈귀로 인해 사회가 붕괴한 세계. 하쿠야 미카엘라와 하쿠야 유이치로는 흡혈귀에게 사로잡혀 가축이나 다름없는 취급을 받고 있었다. 두 사람은 미카엘라가 세운 작전으로 동료들과 탈출을 꾀하지만 목숨을 건진 것은 유이치로 한 사람뿐이었다.

성장한 유이치로는 일본 제귀군의 '월귀조'에 입대. 흡혈귀에 대한 복수심을 불태우고 있었다. 한편, 죽었을 터인 미카엘라는 흡혈귀가 되어 살아 있었다. 전장에서 적으로 재회한 두 사람은 서로를 구출해낼 목적으로 전투에 임한다.

흡혈귀의 진실을 파헤치는 이야기, 「흡혈귀 미카엘라 이야기」.
그것은 일찍이 미카엘라와 유이치로가 흡혈귀의 가축으로 지하도시에서 살았던 어느 날로부터 시작된다….

Seraph of the end

페리드 바토리

흡혈귀 귀족. 제7위 시조. 미카엘라를 죽인 장본인.

크롤리 유스포드

흡혈귀 귀족. 제13위 시조. 페리드의 파벌에 속함.

KEY WORD

『흡혈귀』

인간 대신 현재의 지상을 지배하고 있는 자들. 과거에는 남모르게 지하에서 살았으나 세계의 종말과 함께 지상에 나타났다. 세계가 안정되기를 바라며 금기를 범한 인간을 멸할 계략을 꾸미고 있다.

『귀족』

시조의 피를 이은 흡혈귀들. 모든 능력이 일반 흡혈귀를 능가하며, 흡혈귀들의 사회에 커다란 영향력을 행사한다. 제1위 시조부터 제20위 시조까지 존재하며 숫자가 작은 자일수록 고위.

종말의 세라프

Seraph of the end

흡혈귀 미카엘라 이야기 1

Contents

프롤로그
신앙심 • 11

제1장
유우와 미카 • 17

제2장
살인귀 • 45

제3장
신을 잃은 십자군 • 115

막간
미카엘라를 쫓는 이야기 • 219

이것은 복수에 관한 이야기다.
흡혈귀의 기원까지 거슬러 올라가, 천사 미카엘라가 어떻게
천공에서 추악한 대지에 떨어졌는가에 관한 이야기.

"아아, 신이여. 신이시여. 네놈의 피를 내놔—."

Seraph of the end

Story of
vampire Michaela

프롤로그 신앙심

어째서 이렇게 된 걸까.

"……."

미카엘라는 생각했다.

어릴 적의 자신은 그저 부모님이 웃어 주기만을 바랐다.

그래서 한껏 웃어 보였다. 부모님이 기뻐할 만한 일을 필사적으로, 열심히 했던 것 같다.

하지만 버림받았다.

고속도로 위. 시속 100킬로미터인지 120킬로미터인지는 모르겠지만 어머니가 달리는 미니밴의 슬라이드 도어를 열며 이렇게 말했다.

"자아, 뛰어내리렴, 미카엘라."

"시, 싫어."

"어서."

"싫어, 엄마! 아, 아빠, 살려줘!"

운전석에 앉은 아버지에게 도움을 청했다. 하지만 아버지가 구해 주지 않으리라는 것은 이미 알고 있었다. 아버지는 요즈음 늘 술에 취해 있었고 틈만 나면 '너 때문에 엄마가 이상해졌어'라며 미카엘라를 때렸다.

자신을 때리는 손을 멈춰 줬으면 해서 그는 아버지에게 매일 사랑한다고 했다. 아빠 사랑해. 하지만 아버지는 때리는 것을 그만두지 않았다. 서글픈 얼굴로 그를 때렸던 것이다.

아무래도 어머니는 모종의 종교에 빠진 듯했다. 당시 자신은 아직 다섯 살이라 종교라는 것이 무엇인지는 잘 알지 못했지만, 지금 생각해 보니 아마도 종교였던 것 같다.

어머니는 매일같이 '교회'에 들락거리더니 묘한 집회에 나가게 되었다. 아버지는 그 무렵부터 술을 마시기 시작했던 것 같다.

그렇다면 모든 일의 원흉은 그 종교라는 뜻일까.

시속 120킬로미터로 달리는 차 안.

문을 연 어머니가 몹시도 아름다운 얼굴로 다정한 미소를 띤 채 말했다.

"자아, 미카엘라. 뛰어내려."

"싫어. 싫다고."

"괜찮아. 너는 선택받은 아이니까."

"제발, 엄마. 나, 나 엄마 말 잘 듣는 착한 애가 될게."

"넌 착한 아이야."

"그럼, 더 착한 아이가 될게! 아빠랑 엄마가 기뻐할 일을 할

게!"

미카엘라는 울부짖으며 외쳤다.

하지만 어머니는 그의 팔을 붙든 채 놓지 않았다.

"기쁘게 하고 싶다면 뛰어내려. 지금, 당장, 여기서."

"엄마, 엄마!"

"걱정할 것 없어. 넌 특별해. 선택받은 아이라고. 무려 미카엘라라는 이름을 지녔잖니. 어서!"

"엄마! 엄마! 나를… 나를 버리지 마!"

그는 어머니에게 매달렸다.

하지만 그녀는 그를 세차게 떠밀어,

"사랑한다, 미카엘라."

차에서 밖으로 내던졌다.

그 순간, 모든 것이 천천히 움직이는 것처럼 보였던 것 같다.

엄청난 속도로 흘러가는 잿빛 도로.

구름 한 점 없이 맑게 갠 하늘.

그것들이 번갈아가며 시야 속에서 빙글빙글 돌았다.

아마도 자신은 죽을 것이다.

하지만 그것은 아무래도 상관없었다. 오히려 마음에 깊은 상처를 준 것은 부모에게 버림을 받았다는 사실이었다.

자신은 버림받았다.

필요 없는 아이였던 것이다.

머리부터 땅바닥에 떨어졌다. 목이 부러졌다. 오른팔, 왼쪽 다리가 부러진 것도 느껴졌다. 내장을 아스팔트에 내동댕이치기라도 한 듯 배가 몹시 아팠다. 몸이 엉망진창이 되었다.

그런데.

"……."

그런데, 그럼에도, 어째서인지 의식은 있었다.

조금 전까지 술에 취한 채 운전대를 잡은 부모와 자신이 함께 타고 있던 차가 갈지자로 달리다 옆 차량과 접촉해 뒤집어지는 모습을 보았다.

나아가 트럭이 그 차를 향해 돌진하는 모습도 보였다. 그 후로 몇 대나 되는 차들이 충돌하더니 부모님이 탄 차에 불이 붙었고, 성대하게 폭발하는 모습이 보였다.

미카는 땅바닥에 쓰러진 채, 멍하니 그것을 보고 있었다.

일어설 수는 없었다.

온몸이 자신의 생각대로 움직이지 않았다.

하지만 확실한 것은, 만약 저 차에 타고 있었다면 자신은 죽었으리라는 것이었다.

그러나 자신은 살아남고 말았다.

그것을 두고 운이 좋았다고 해야 할지, 나빴다고 해야 할지는 지금도 잘 모르겠다.

어째서 이렇게 된 걸까.

어쩌다 일이 이렇게 된 것일까.

그로부터 몇 년 후—.

세계는 바이러스로 인해 멸망했다.

아이들은 흡혈귀들에게 붙잡혀 지하 깊숙한 곳에 갇혀 버렸다.

하지만 어머니가 마지막으로 했던 말은 아직도 생각이 났다.

—걱정할 것 없어. 넌 특별해. 선택받은 아이라고. 무려 미카엘라라는 이름을 지녔잖니. 어서!

그 말에는 대체 무슨 뜻이 담겨 있었던 것일까.

미카엘라란 대체 무엇일까.

모르는 채로 그는 흡혈귀의 가축이 되었다.

Seraph of the end

Story of
vampire Michaela

제1장 유우와 미카

흡혈귀의 도시 안에서, 우리는 오늘도 가축처럼 살고 있었다.

피를 빨리기만 하는 나날이 이어졌다.

목에 꽂힌, 피를 빨아내기 위한 기계를 본 햐쿠야(白夜) 미카엘라는 얼굴을 찌푸렸다. 목에 박힌 바늘은 희미한 통증과 함께 쪼륵쪼륵 혈액을 빨아내기 시작했다.

"크……하아."

자신 안에 있는, 생명의 근원 같은 것이 빠져나가는 느낌이 들었다. 머리가 멍해지더니 몸이 다소 나른해졌다. 미카는 그 나른함에 저항하며 옆에서 역시나 강제적으로 헌혈을 당하고 있는 가족에게 말을 붙였다.

"있지, 유우."

"……."

"유우."

"응?"

그러자 유우는 이쪽을 쳐다봐 주었다.

옆에 앉아 있는 것은 자신과 같은 나이의— 아직 열두 살밖에 되지 않은 소년이었다.

아무렇게나 자른 검은 더벅머리에 강한 의지가 깃든 검은 눈동자.

유이치로(優一郎)— 그것이 그의 이름이었다. 그러고 보니 성은 몰랐다.

4년 전, 그가 자신과 같은 고아원에 오자마자 정체를 알 수 없는 바이러스가 만연하여 세계가 맥없이 멸망해 버렸기 때문이다.

그리고 살아남은 고아원 아이들은 보호라는 명목하에 흡혈귀들의 습격을 받고 붙잡혀, 그대로 가축으로서 이 도시에서 관리를 받게 되었다.

그 이후부터 자신들은 인증번호로 관리되는, 이름 없는 가축이 되었다.

유우가 이쪽을 보며 말했다.

"왜 불러, 미카."

그 말에 그는 대답했다.

"유우, 모유라는 거 마셔본 적 있어?"

"엉?"

"모유란 건 있지, 혈액이래. 알고 있었어?"

"뭐? 갑자기 그게 뭔 소리야."

"그러니 아기는 어머니의 피를 마시고 성장하고 있는 셈이래. 어제 도서관에서 읽은 책에 적혀 있었어."

"글쎄, 그게 대체 무슨 소리냐고."

유우가 의아하다는 표정을 지었다. 미카는 미소를 지은 채 말을 이었다.

"아니, 뭐랄까. 이거 재미있는 얘기 같다, 싶어서. 그럼 아기는 모두 흡혈귀고— 인간은, 실은 다들 날 때부터 흡혈귀고, 세상에 있는 엄마들은 모두 가축이었다는 뜻일까, 하는 생각이 들어서. 우리처럼 말이야."

자신의 목에 꽂힌, 흡혈을 위한 기계를 가리키며 말했다.

그러자 유우가 대놓고 짜증스러운 표정을 지었다.

"우리는 가축이 아냐."

"그렇게 고집스럽게 말해 주는 건 유우뿐이지만 말야. 잔반 같은 식량을 받아먹으며 피를 빨리는 하루하루. 이건 아무리 봐도 가축이잖아."

"가축 아니야. 난 언젠가 흡혈귀 놈들을 때려눕히고—."

"여기서 나갈 거라고?"

그 말을 들은 유우는 말을 멈추더니 다소 괴로운 듯한 표정을 지었다. 이제 이곳에서 나가는 것이 불가능하다는 사실을 그도 알기 때문이다.

지상 세계에는 바이러스가 만연해 있다.

그 바이러스는 열세 살 이상의 어른들을 몰살시켜 버렸다고 한다. 그리고 자신들은 벌써 열두 살이다. 밖에 나가도 1년밖에 살 수가 없다.

그렇다면, 이곳에서 이렇게 가축으로서 살아가는 수밖에 없다.

영원히 이곳에서….

하지만 유우는 피를 빨리며 말했다.

"그러니 강해져서 흡혈귀를 날려버리면 되는 거잖아!"

"무리야. 몇 번이나 말했지만 흡혈귀는 인간보다 일곱 배나…."

"무슨 상관이야! 난 해낼 거야! 반드시! 안 그러면…."

유우는 말했다.

그리고 그 다음에 무슨 말이 이어질지도 미카는 알았다.

안 그러면 고아원에서 함께 온 아이들의 삶이 무의미해지잖아.

유우는 다정했다. 아마도 그 누구보다도 다정할 것이다. 그래서 아이들과 동료 생각만 한다. 자신도 아직 어리면서 다른 아이들이 희망을 잃지 않도록. 이 열악한 환경에 마음이 꺾이거나 하지 않도록. 필사적으로, 그야말로 필사적으로, 언젠가는 흡혈귀 놈들을 날릴 수 있을 것이라는 꿈을 늘 입에 담았다.

그래서 미카는 말했다.

“하하, 그리고 흡혈귀 놈들을 몰살시키고 나면, 여기에 유우의 제국을 만들어 줄 거라 이거지?”

“아, 너 지금 비꼰 거지!”

그 말에 미카는 미소를 지은 채 손을 뻗어 유우의 손을 살며시 잡으며 말했다.

“아니… 믿어.”

유우가 이쪽을 쳐다본 채 조금 쑥스러운 듯 표정을 찌푸리더니,

“…….”

그 이상은 아무 말도 하지 않았다.

하지만 서로의 마음이 같다는 것은 이미 알았다. 벌써 이곳에서 4년이나 함께 지냈으니 당연한 일이었다.

세계가 멸망한지로부터 4년.

고아원 아이들 중 가장 나이가 많았던 두 사람은, 살아남은 아이들의 목숨을 짊어진 채 4년이라는 시간을 필사적으로, 둘이서 걸어왔다.

그렇기에 아무 말 하지 않아도 서로가 무슨 생각을 하는지는

알 수 있었다.

어떻게 하면 이 상황을 타개할 수 있을까.

어떻게 하면 다시 한 번, 아이들에게 미래를 보여줄 수 있을까.

어떻게.

어떻게.

"……."

미카도 요즈음 계속 그 생각만을 하고 있었다.

유우는 흡혈귀를 죽여서 어떻게든 상황을 타개하고자 하는 듯했지만 그것은 불가능한 일이라고 생각했다.

이곳은 흡혈귀의 세계다. 자신들은 가축이고· 힘 관계는 절대적이었다. 하지만 그런 전제하에 진심으로 무언가를 타개하고자 한다면 흡혈귀에 관해 더욱 잘 알 필요가 있다고 생각했다. 필요하다면 흡혈귀에게 빌붙을 방법도 찾아야만 한다고 생각했다.

그리고 얼마 전, 그는 그 돌파구로 보이는 것을 발견한 참이었다.

"…페리드 바토리."

그는 작은 목소리로 흡혈귀의 이름을 중얼거렸다.

제7위 시조(始祖).

흡혈귀 중에서도 특히나 큰 권력을 지닌 귀족이다.

그리고 이 귀족의 저택에 인간 아이들이 곧잘 들락거린다는 소문을 미카는 손에 넣었다.

다른 흡혈귀와는 달리 인간에게 관심을 보이는 이 흡혈귀가 때때로 인간들이 생활하기 쉽도록 원조 같은 것을 해 주기도 한다는 정보를, 다른 어린이 집단을 통해 얻었다.

그렇다면 자신도….

흡혈을 당하는 시간이 끝나 미카 일행은 시설 밖으로 나왔다.

지하에 있는 이 흡혈귀의 도시에는 하늘이 없다. 있는 것은 높은 천장뿐이다. 숨이 턱턱 막혀 왔지만 그들은 벌써 4년이나 그 천장만을 올려다보며 살아 왔다.

"……."

미카는 그 천장을 올려다보며 조금 전에 했던 생각을 다시금 돌이켜보았다.

"야, 미카."

"……."

"미카!"

"아, 왜?"

"뭘 그렇게 멍하니 있어."

유우가 옆에서 말을 걸었다. 그 말에 그는 살며시 미소를 지으며 답했다.

"피를 빨리고 나면, 피곤해서."

"누가 아니래! 그러니까~ 저 흡혈귀 놈들을 빨랑 날려 버려야 하는 거라고!"

미카가 피곤하다는 표정을 짓자 유우는 곧장 흡혈귀를 날려 버려야 한다는 이야기를 꺼냈다.

게다가,

"그리고, 피곤하다는 건 거짓말이지? 뭔가를 고민하는 표정이었어. 너, 고민이 있으면 나한테 솔직하게 말해. 혼자 고민하지 말고."

…라는 날카로운 소리까지 해 왔다.

하지만 지금 자신이 생각 중인 계획에 그를 끌어들일 수는 없는 일이었다. 자칫 잘못하면 살해당할 가능성이 있기 때문이다. 그리고 지금 유우와 자신, 둘 다 살해당하는 날에는 아이들을 지켜줄 자가 없어지고 만다.

그래서 미카는 미소를 지으며 화제를 바꾸었다.

"아니, 고민이라 할 정도의 일은 아니고."

"뭔데."

"그러고 보니 유우의 성(姓)을 못 들은 것 같다~ 싶어서."

"엉?"

"아까 피를 빨릴 때 갑자기 생각난 건데, 난 유우의 성을 몰라."

"성?"

"응. 유우가 고아원에 온 지 얼마 안 돼서 세계가 멸망했잖아?"

"아아, 그랬지."

"그러는 바람에 성을 못 들었던 것 같아서. 유우, 성이 뭐였더라?"

뭐, 이제 와서 안들 뭔가가 바뀌는 것은 아니지만.

부모는 죽었다. 어른들은 모두 바이러스에 감염되어 죽어 버렸다. 그리고 성이라는 것이 필요가 없는 세계가 오고 말았다.

게다가 유우의 부모는 그를 악마라 부르며 죽이려다 결국 자살해 버렸다고 들었던 것 같았다.

그럼 그런 부모의 기억을 환기시킬 성을 물어보면 싫어할지도 모른다는 생각이 잠시 들었다. 몇 년 전에 그의 부모에 관해 물었을 때, 그가 무척 기분 나빠했던 것이 똑똑히 기억났다.

부모란 인간들은 나를 괴물이라 부르며, 악마라 부르며 죽이려 했어! 난 이 세상에 필요 없는 인간이라고! …라고 말하더니 얼마간 말도 섞지 않았다.

하지만 지금은.

"…성. 성이라."

4년이라는 시간을 함께 지내고 난 지금, 이제 유우는 화를 내지 않았다. 그는 잠시 골똘히 생각을 하는 듯한 표정을 짓더니 입을 열었다.

"실은 기억이 별로 없단 말이지~ 부모란 인간들이 괴물이라고 불렀던 건 기억하지만."

"성은 기억이 안 나?"

"엉. 근데, 너는?"

"응?"

"넌 아무리 봐도 일본인이 아니잖아? 머리카락도 금발이고."

"아아, 그렇지."

"너 외국인이야?"

"엄마는 일본인이야."

"그럼 아버지는 아니라는 거야?"

"으~음. 아마 러시아나 어디였을 거야."

"러시아인이었냐~"

"글쎄, 엄마는 일본인이었대도. 뭐, 둘 다 죽었지만."

미카는 웃었다.

유우가 다소 걱정되는 표정으로 그의 얼굴을 쳐다보았다.

"내가 괜한 걸 물은 거야?"
"글쎄~"
"넌 성이 뭐였는지, 기억 나?"
"분명 신도(進藤), 였을 거야."
"아, 성은 일본어구나. 근데, 그럼 왜 미카엘라라는 이름을 쓰는 건데? 성도 있으면서."
그 말에 미카는 미소를 지으며 대답했다.
"아~ 글쎄~ 나랑 아카네가 몇 번이나 말했듯이—."
그러자 유우는 또 지긋지긋하다는 표정을 지으며 말했다.
"아~ 그래그래, 햐쿠야 고아원에 있는 녀석들은 모두 가족이다 이거지?"
"그렇대도~ 그러니까 유우도 햐쿠야 유이치로야."
"왜 내가 햐쿠야인 건데."
"가족이니까."
"나한테는 가족 같은 거 없대도…."
"아니아니아니, 이제 무리거든요? 가족이 되어 버렸으니까. 게다가 유우도 이미 우리를 가족이라고 생각하면서 그런다~"
"아니거든?"
"맞아."
"아니래도."

"맞대도~"

"아아, 너 진짜 짜증난다. 애초에 나는 햐쿠야 고아원에 하루밖에 안 있었잖아. 그러니까 나는 아니야. 왜냐하면 나는—."

그러고는 늘 그래왔듯, 부모가 악마라 부르며 죽이려 들었던, 이 세상에 필요 없는 아이니까, 라는 이야기가 이어졌다.

하지만 그것은 자신도 마찬가지였다.

차에서 내던져졌다.

이유는,

'미카엘라라는 이름을 지닌, 선택 받은 아이니까.'

하지만 그 말의 의미는 아직도 전혀 알 수가 없었다. 나중에 조사해 보니 미카엘라는 여자아이에게 붙이는 이름인 듯했다.

천사 미카엘에서 유래된 이름의 여성형.

하지만 알아낸 것은 그것뿐이었다. 그 이름에 대체 어떤 의미가 담겨 있는 지까지는 알아내지 못했다.

아니, 어쩌면 아무 의미도 없을지 모른다. 완전히 돌아 버린 어머니가 모종의 망집(妄執)에 사로잡혀 그런 말을 한 것뿐일지도 모른다.

하지만 이제 어머니는 없다. 폭발에 휘말려들어 죽었다. 아니, 자신이 모를 뿐, 기적적으로 살아남았다 해도 그 후에 퍼진 바이러스로 인해 죽었을 것이다.

그러니 지금 자신의 가족은 햐쿠야 고아원의 동료들뿐이었다.

"있지, 유우. 네가 뭐라 하건 우리는 가족이야."

"……."

유우는 그 말을 듣고는 쑥스러운 듯한 지긋지긋하다는 듯한 표정으로 고개를 홱 돌리고 말았다. 하지만 그가 다정하다는 사실은 안다. 아이들을 잘 돌봐주기도 한 탓에 결국 다들 그에게 매우 의지하고 있었다.

그렇기에 흡혈귀 귀족에게 접촉할 사람은 자신 한 명이어야만 한다고 미카는 생각했다.

그는 걸음을 멈췄다. 이 근처에서는 페리드 바토리가 사는 저택이 보일 터였다.

그쪽으로 고개를 돌린 채 입을 열었다.

"아, 미안, 유우."

"응?"

"나 볼일이 좀 있었어."

"볼일? 뭔데."

"응. 사쿠마 패거리가 식량을 나눠준다는 모양이니 가서 받아올게."

사쿠마 패거리는 조금 나이가 많은 소년들의 집단이었다. 그리고 그곳의 리더가 사쿠마였다. 그곳에 속한 소년들이 아직 어린 햐쿠야 고아원 아이들의 배급 식량을 빼앗으려 들기에 유우가 그들과 한바탕했다.

그래서 미카가 사이를 중재하기 위해 나섰고 지금은 어찌어찌 양호한 관계를 유지하고 있었다.

"그럼 나도…."

유우가 그렇게 말했지만 미카는 그것을 만류했다.

"유우는 사쿠마 군이랑 싸운 지 얼마 안 됐잖아."

"그건, 그렇지만… 그건 그 자식이 잘못한 거고!"

"봐, 또 씩씩댄다. 어쨌든 내가 잘 말해둘 테니 유우는 돌아가 있어. 애들이 기다릴 거야."

"하지만 너 혼자 괜찮겠어? 그 자식들…."

"괜찮아, 괜찮아. 내가 유우도 아니고."

"엉? 뭔 소리야, 그게."

"아하하. 그럼 유우, 애들 잘 부탁해. 나는 잠깐 다녀올게."

그런 거짓말을 했다.

사쿠마 패거리가 있는 곳에는 가지 않을 것이다.

흡혈귀 귀족— 페리드 바토리와 접촉할 것이다.

미카는 다시 한 번 고개를 들어 페리드가 사는 저택 쪽을 올려다보았다.

◆ ◆ ◆ ◆

흡혈귀의 세계는 매우 따분하다.

몇 백 년, 몇 천 년이 지나도 바뀌는 것이 없다.

같은 흡혈귀가 같은 곳에서 같은 모습으로 그저 하염없이 살아가고 있는 세계다.

“…….”

그 매우 따분한 세계에서 페리드 바토리는 오늘도 조용히 책을 읽고 있었다.

그곳은 인간 아이들에게 개방해 둔 도서관이었다. 이곳을 아이들에게 개방하도록 지시한 것은 그였다.

인간 아이들을 지켜보는 일은 즐거웠다. 그들은 흡혈귀보다 훨씬 약하고 수명도 짧은 탓인지 눈이 부실 정도의 생명의 빛을 속에 품고 있었다.

게다가 책을 읽으면 똑똑해지며 뭔가, 희망 같은 것을 발견해 내어 앞으로 나아가고자 하는 모습을 보고 있자면 어째서인지 묘하게 등줄기가 오싹오싹해지는 듯했다.

그래서 페리드는 이곳 도서관을 아이들에게 개방하기로 했다.

그것은 잘한 일인 듯 보였다.

책 대여와 관리는 아이들에게 맡겼지만 어떤 아이가 어떤 책을 읽고 있는지 정도는 파악해 두라고 명령했다.

그는 아이들이 어떤 책을 읽는지에도 흥미가 있었다.

아직 젊고, 어린 아이들의 욕망이 대체 어떠한 방향으로 향하는지에 관심을 두고 있었다.

이를테면 어떤 아이는 여성의 성(性)에 관해서만 조사하고 있는 듯했다.

인간의 욕망에 매우 솔직한 아이였다.

그런가 하면 어떤 아이는 강해지는 방법에 관해 조사하고 있는 듯했다. 그것은 아이들간의 싸움에서 이기기 위한 것일까. 언젠가 강해져서 이 세계에서 뛰쳐나가기 위한 것일까. 아마도 전자일 것이다. 그 아이가 조사하고 있는 것은 흡혈귀를 어떻게 할 수 있는 부류의 방법이 아니었다. 그 아이가 다른 아이를 때려죽였다는 정보도 들어왔다. 하지만 딱히 처벌을 받지는 않을 것이다. 가축끼리 싸우건 말건 흡혈귀와는 상관이 없는 일이기 때문이다.

어찌되었건, 인간이 원하는 지식은 모종의 욕구에서 기인한 것들뿐이었다.

강해져서 타인을 굴복시키고 싶다는 욕구나 성욕, 식욕, 인정받고 싶은 욕구.

"……."

하지만 그것은 먼 옛날에 그가 잃어버린 감정이었다.

흡혈귀에게는 욕망이 별로 없었다.

영원한 생명을 얻은 대신 피에 대한 욕구만이 크게 부풀어 오르고만 것이다.

"뭐랄까~ 이렇게 여자나 힘에 관심을 가질 수 있다니, 부러운걸~"

그는 실실 웃으며 그렇게 중얼거렸다.

흡혈귀들 중에서도 그는 매우 아름다운 남자였다. 긴 은발머리에 창백한 피부. 행동거지에서 고귀함이 느껴지는 것은 그가 오랫동안, 정말로 오랫동안 눈이 부시도록 아름다운 인간의 귀족 사회를 즐겨온 탓일까.

그는 도서관 책상 위에 아이들이 읽었다고 하는 책을 펼쳐놓고 페이지를 넘겼다.

현재 도서관에는 아무도 없었다.

페리드가 있는 동안 아이들은 이곳에 들어오면 안 되기 때문이다.

한 사람을 제외하고는.

"페리드 님."

목소리가 들려왔다. 소년의 목소리였다. 그쪽으로 시선을 돌려보니 열예닐곱쯤 된 남자아이가 다가오고 있었다.

페리드는 그 소년의 이름을 불렀다.

"왜애, 사쿠마 군."

"저어, 정보를 퍼뜨려 뒀습니다. 당신의 총애를 받으면 특별 대우를 받을 수 있다는."

"어떤 애한테?"

"금발머리인―."

"아아, 미카엘라 군 말이지~? 오래도 걸렸네. 그래서, 그의 반응은 어땠어?"

"오늘 당장에라도 페리드 님의 저택으로 갈 것 같습니다."

"흐응. 그래? 그거 기대되네."

페리드는 고개를 들지 않은 채 그렇게 말했다. 그가 지금 읽고 있는 책은 그 미카엘라라는 소년이 읽었던 책이었다. 그것은 이름에 관한 책이었다. 각 나라의 이름에는 대체 어떠한 유래가 있는지. 어떠한 역사를 거쳐 음과 어감이 바뀌어 갔는지.

그러한 내용이 적힌 책이었다.

아마도 어린애가 읽을 법한 책은 아닐 것이다. 분명 그는 머리가 좋으리라. 머리가 좋은 아이는 좋았다.

미카엘라―라는 이름의 항목을 펼쳤다. 거기에는 미카엘라라는 이름의 어원에 관해 적혀 있었다. 아무래도 그리스도교에서 유래된 듯했다.

대천사 미카엘에서 파생된 이름은 마이클, 미셸, 미켈레, 미겔….

"있지, 사쿠마 군."

"네."

"대천사 미카엘이라고 들어봤어?"

"저기, 그게…."

"그리스도교에 나오는 유명한 천사의 이름인데 말이야."

"저, 저기, 죄송합니다. 저희 가족들은 불교도라."

"흠. 불교라. 색즉시공(色卽是空) 같은 거?"

"새, 색즉시… 그게 뭔가요?"

"정말 불교도 맞아~?"

"아니, 저기…."

페리드는 웃으며 물러가도 좋다는 손짓을 했다.

그러자 사쿠마는 긴장된 표정을 지은 채,

"실례하겠습니다!"

…라고 하며 물러났다.

도서관에는 다시 아무도 없었다. 부름을 받지 않는 한 페리드가 있는 동안에는 인간이 들어와서는 안 되기 때문이다.

그리고 흡혈귀는 애초에 책을 잘 읽지 않는다.

꼭 필요한 일이 없는 한 지식욕도 생기지 않기 때문이다.

녀석들에게는 시시하리만치 피에 대한 욕구밖에 없었다.

그렇기에 이곳에 출입할 자는 아무도 없을 텐데 페리드의 등 뒤에서 희미한 기척이 느껴졌다.

"응~? 누구야?"

그는 고개를 돌려 보았다.

도서관 안쪽에 한참 올려다봐야 할 정도로 덩치가 큰 남자 한 명이 서 있었다.

붉은 머리에 청초함이 느껴지는 호남(好男)형의 번듯한 얼굴.

크롤리 유스포드.

그것이 그의 이름이었다. 또한 제13위에 자리한 흡혈귀 귀족이었다.

크롤리가 물었다.

"누구야, 방금 그거?"

"사쿠마 군이야."

"글쎄, 그게 누군데?"

"불교도라던데."

"그건 또 무슨 소리야."

"불교 몰라?"

그러자 크롤리는 어깨를 으쓱하더니,

"공즉시색(空卽是色)?"

이라고 말했다. 조금 전 입에 담았던 색즉시공과 이어지는 말이었다. 아무래도 사쿠마와의 대화를 엿듣고 있었던 모양이다.

그 말을 들은 페리드는 웃으며,

"이런이런, 사쿠마 군. 불교도가 지식으로 그리스도교도한테 밀리면 안 되잖아."

라고 중얼거렸다.

그러자 크롤리가 웃으며,

"오히려 나는 그리스도교 쪽을 잊어 버렸는데."

라는 소리를 했다.

그는 인간이었을 무렵, 그리스도교의 신을 열렬하게 믿었다. 그뿐 아니라 십자군에 참가했던 템플 기사로서 이교도를 사냥하기까지 했었다.

하지만 신을 잃었다.

하물며 지금은 공즉시색이라는 소리까지 입에 담고 있었다.

"이교의 염불 같은 거 외면, 천벌 받는 거 아냐?"

페리드가 말하자 크롤리는 쓴웃음을 지었다.

"나를 지켜보고 있을 신은 없을 테니 상관없어."

"그래?"

"그렇겠지. 안 그랬으면 내가 왜 흡혈귀 같은 게 됐겠어."

"나와는 달리 평소의 행실이 나빴기 때문이겠지."

"허어?"

크롤리가 어이가 없다는 표정으로 이쪽을 쳐다보다 이내 미소를 짓더니,

"뭐, 네 부름 같은 거에 응해 힘들게 나고야에서 여기까지 온 게 하느님의 신경을 긁을 만한 일이라는 건 알겠지만 말야."

그렇게 말하며 이쪽으로 다가왔다. 그러고는 지금 페리드가 읽고 있는 책으로 시선을 떨어뜨렸다.

"그래서, 무슨 책 읽어?"

"성서."

그러자 크롤리는 책의 표지를 확인하기 위해 들여다보더니 말했다.

"아니잖아. 이름의 역사라고 적혀 있는데."

"그럼 그거."

"거기에 뭐 재미있는 거라도 쓰여 있어?"

하지만 이 책에는 딱히 재미있는 내용은 전혀 쓰여 있지 않았다.

미카엘라—라는 지긋지긋한 이름은 사실, 대천사 미카엘에서 유래된 이름 같은 것이 아니기 때문이다.

크롤리가 페리드에게 물었다.

"저기, 페리드 군."

"응?"

"그래서, 왜 나를 부른 거야?"

"왜 불렀더라~?"

"내가 어떻게 알아. 그러고 보니 너, 날 불러낼 때 만날 그러는데, 그 심술 좀 그만 부리면 안 될까."

"순간적으로 깜짝 놀라니까?"

"그래. 무려 나고야에서 왔다고. 하지만 보나마나 너는 정말로 잊어버렸거나 심술이나 부리려고 불러낸 거겠지?"

"응."

"응, 이라고만 하지 말고. 그래서, 이번에는 정말 볼 일이 있어서 부른 거야?"

페리드는 그 물음에 답했다.

"있어. 있잖아, 크롤리 군."

"왜?"

"미카엘라라는 이름, 기억해?"

"미카엘라?"

"응."

그러자 크롤리는 잠시 골똘히 생각하는 듯한 표정을 짓더니 입을 열었다.

"글쎄. 엄청 오래 전에 들어본 적이 있는 것 같은데."

그 말에 페리드는 씩 웃으며 크롤리를 바라보았다.

그는 정말로 기억이 안 난다는 듯한 표정이었다. 아마도 정말 기억이 안 나는 것이리라. 페리드가 그렇게 되도록 만들었으니.

크롤리가 말했다.

"그래서, 그 미카엘라라는 게 뭔데? 그게 나를 부른 이유야?"

페리드는 책을 덮어 책상에 내려놓았다.

그러고는 가장 최근에 미카엘라라는 이름을 들었을 때의 일을 떠올렸다.

그것은—.

"있지, 크롤리 군."

"응?"

"네가 흡혈귀가 됐을 때의 이야기 좀 해 줘."

크롤리가 의아하다는 표정으로 이쪽을 쳐다보았다.

"갑자기 왜."

"그냥."

"게다가 넌 알잖아? 내가 흡혈귀가 됐을 때, 넌 바로 옆에 있

었으니. 히죽거리는 얼굴로 나를 바보 취급하며 보고 있었으면서."

페리드는 웃으며 그 말에 답했다.

"그래. 그거 정말 재미있었어. 그러니까 그 얘기 좀 다시 들려줘."

그러자 크롤리의 표정이 무언가를 생각해내려는 듯한 것으로 바뀌었다.

당시의 일을 떠올리려는 것이다.

아직 어렸던 그가 순진하게도 신을 믿었을 적의 일을.

그게 대체 몇 년 전의 일이었을까.

그것은 분명 13세기 초에 있던 일이었다.

Seraph of the end

Story of
vampire Michaela

제2장 살인귀

13세기 유럽은 신과 신앙의 세계였다.

모두가 신을 믿고 신에게 기도만 하면 행복한 인생을 보낼 수 있다고 믿었다.

크롤리 유스포드 역시 마찬가지였다.

신의 뜻에 따르면 행복해질 수 있으리라고 믿었다.

하지만 지금은 눈을 감으면 늘 같은 악몽을 꿨다.

최악의 꿈이었다.

동료들이 무참하게 살해당하는 꿈.

갈색 피부를 지닌 이교도들이 증오의 불길이 가득한 눈으로 덮치는 꿈.

아아, 아아, 그것 봐. 또 이 꿈이지. 마치 신이 과오를 저지른 죄인을 벌하기라도 하듯, 이 절망적인 꿈은 매일 같이 그를 찾아왔다.

이렇게나 신을 믿고 있건만.

나는 이렇게나 신을 믿고 있건만.

"……."

하지만 그 순간, 크롤리 유스포드는 꿈에서 깨어났다.

근처에서 검을 맞부딪히는 소리가 날카롭게 들려왔기 때문이다.

순간적으로 허리에 찬 검에 손을 뻗으려다 아아, 여긴 전장이 아니었지, 하고 정신을 차렸다.

그 전쟁에서 돌아온 이래로 상당히 신경이 민감해져 버렸다. 검과 검이 맞부딪히는 소리가 특히 듣기 싫었다. 듣자마자 심장이 쿵쾅대며 임전태세에 돌입하고 만다.

전장에 있었던 것은 벌써 1년도 더 된 일이건만, 지금도 묘하게 마음이 불안했다.

그의 주변에서는 소년들이 2인 1조로 짝을 지어 칼날을 무디게 한 훈련용 검으로 대련을 하고 있었다.

이곳은 견습 기사들을 위해 크롤리가 자택의 정원을 개방해 만든 훈련도장이었다. 최근 크롤리는 이 훈련장에서 소년들을 가르치는 일을 통해 생활의 양식을 얻고 있었다. 오늘 찾아온 견습 기사들은 이번이 두 번째 훈련이었다.

그리고 두 번째 훈련 중에 깜박 졸고 말았다.

"이거, 저들에게 미안한 짓을 해 버렸네."

크롤리는 쓴웃음을 지으며 일어났다. 그러고는 두 번 손뼉을

쳤다.

견습 기사들이 허둥지둥 검을 수습하여 크롤리 앞에 정렬했다.

"오늘 훈련은 여기까지. 다들 지난 번 훈련보다 훨씬 좋아졌어."

내가 생각해도 뻔뻔한 소리 같네, 라는 생각이 들었지만 대부분의 견습 기사들은 환한 표정으로 답했다.

"감사합니다!"

하지만 키가 큰 소년 한 명이 이쪽을 노려보듯 쳐다보며 말했다.

"깜박 졸아놓고서 대체 저희에 대해 뭘 아신다는 겁니까? 크롤리 선생님."

크롤리는 그쪽으로 눈길을 돌렸다. 뺨에 옅은 곰보 자국이 있는, 열예닐곱 정도의 소년이었다. 몸이 탄탄했다. 근육도 그럭저럭 붙었다. 아마도 힘에 자신이 있는 것이리라.

검술, 그리고 부모의 권력이라는 힘에.

표정을 통해 그것을 알 수 있었다.

"이름이 뭐지?"

"요셉 폰 에스텔하지라고 합니다."

에스텔하지는 그럭저럭 유명한 귀족의 이름이었다. 자신감의 근거는 아무래도 그것인 듯했다.

그 고귀한 에스텔하지의 자제에게 말했다.

"그럼 요셉 군. 깜박 졸았던 건 사과하지. 그러면 될까?"

요셉은 말했다.

"아뇨, 그것만으로는 부족합니다. 선생님은 아직 한 번도 검을 뽑으신 적이 없잖습니까."

그 말에 크롤리는 허리에 찬 직검(直劍)을 쳐다보았다. 그것은 그 전장에서 죽은 동료에게 물려받은 검이었다.

"응. 그랬지. 아직 필요가 없으니까. 검술은 처음이 가장 중요해. 우선 기초를 다지고 나서—."

그렇게 말하던 참에 요셉이 말을 가로막았다.

"기초는 이미 마쳤습니다. 이곳에서는 전장에서 돌아온 용사에게 실전을 배울 수 있다고 들었습니다만."

그는 실전, 이라고 말했다.

하지만 실전이라는 것은 이런 길바닥에서 배울 수 있는 것이 아니었다. 크롤리의 머릿속에 다시 그 피로 얼룩진 전장의 광경이 떠올랐다.

동료의 머리며 다리가 허공을 나는 가운데 그 피를 뒤집어쓰며 앞으로, 앞으로 돌진해야만 했던 그 광경이.

"…실전이라."

크롤리가 무심결에 쓴웃음을 짓자 요셉의 얼굴이 붉어졌다.

"네놈, 어째서 웃는 거냐! 무례한 녀석!"

무례한 녀석은 너거든? 이라고는 하지 않았다. 요셉은 유명한 귀족의 자제분이기에.

요셉은 허리에 찬 검에 손을 걸친 채 말을 이었다.

"이래도 검을 뽑지 않는 걸 보면, 선생님은 사실 검술에 자신이 없는 게 아닙니까?"

"……."

"가끔씩 있어서 말입니다. 그 전장에서 돌아왔다는 이유만으로 거들먹거리는 기사가. 보나마나 후방에서 슬금슬금 숨어 다니셨을 테지요?"

그러자 옆에 있던 다른 견습 기사가 말했다.

"이봐, 너. 아무리 그래도 그 말은 실례잖아."

하지만 요셉은 개의치 않고 계속해서 말했다.

"애초에 당신이 소문대로 그 전장에서 무공(武功)을 세우셨다면, 왜 이런 곳에서 썩고 계신 겁니까?"

크롤리는 그런 소리를 해대는 학생의 얼굴을 바라보며 말했다.

"…마음에 안 들면 그만두든가. 그럼 오늘은 이만 해산. 나

간다."

그러자 요셉이 확신을 얻었다는 표정을 지었다. 정체를 밝혀냈다는 듯한 표정이었다.

"이봐, 도망치지 말라고, 겁쟁이. 검을 뽑아."

그런 소리를 내뱉더니 검을 뽑았다. 그러고는 검 끝으로 이쪽을 겨누었다. 그 움직임은 매우 매끄러웠다. 기본에 충실한 동작이었다. 기초는 마쳤다는 말은 사실이리라. 돈을 퍼부어 가정교사라도 붙인 것일까.

하지만 결국 크롤리는 그 검을 보고도 공포나 위압감 같은 것을 느끼지 못했다. 그 이집트 땅에서 이교도들이 날려댄 압도적인 증오와는 비교도 되지 않는, 시답잖고 약해빠진 위압감이었다.

다른 견습 기사들은 마른침을 삼키며 요셉과 크롤리를 지켜보고 있었다. 아무래도 아무것도 하지 않은 채 끝낼 수는 없을 듯했다.

"하아. 별 수 없지."

크롤리는 한숨을 내쉬고는 허리에 찬 검에 손을 얹었다.

요셉이 씩 웃으며,

"사기꾼 자식, 정체를 까발려 주지!"

검을 휘두른 참에 크롤리는 오른발을 한 걸음 내디디며 검을 뽑았다. 그 검이 요셉의 검에 닿았다. 요셉의 검은 그 충격을 이겨내지 못하고 손을 떠나 허공을 날았다.

"아…."

크롤리는 놀란 듯 탄성을 흘리는 요셉의 얼굴 위로 검을 내려쳐, 코앞에서 우뚝 세웠다. 그 검이 일으킨 바람으로 요셉의 깔끔하게 정돈된 앞머리가 팔랑팔랑 휘날렸다.

요셉은 꼼짝도 할 수가 없었다. 그저,

"아, 아…."

작은 신음소리를 흘릴 뿐이었다.

그 건방진 학생의 얼굴을 다정한 눈길로 바라보며 크롤리는 말했다.

"전장이었으면 죽었어. 그래서 기초가 중요하다는 거야. 하지만 넌 소질이 있으니까 금방 똑같이 할 수 있게 될 거야."

다시 검을 천천히 허리에 찼다.

요셉이 그대로 맥없이 땅바닥에 주저앉더니 이쪽을 바라보며,

"서, 선생님!"

그런 소리를 해오기에 크롤리는 웃음을 터뜨렸다.

"하하, 시끄러워. 오늘은 해산이야. 또 와라."

다른 견습 기사들도 조금 전과는 완전히 딴 사람이 된 듯 큰

소리로,

"네!"

라고 대답했다.

그 모습에 쓴웃음을 지으며 다시금 의자에 앉았다. 깜박 졸고만 것은 이 의자 탓도 있었다. 만듦새가 영 허술해서 삐걱삐걱 적절하게 흔들리기 때문이다. 앉아 있다 보니 기분 좋은 잠기운이 몰려들었다. 뭐, 이번에도 악몽을 꾸고 말았지만.

학생들이 크롤리에게 인사를 하며 해산하기 시작했다. 모든 학생이 눈앞에서 사라진 참에 그는 의자를 덜컥덜컥 흔들며 하늘을 올려다보았다. 그 날은 무척 날이 맑아서 낮잠을 자기에는 아주 그만이었다.

자잘한 하품이 나왔다.

눈을 감았다.

또 그 꿈을 꾸게 될까. 덕분에 요즘은 계속 잠이 모자랐다.

그러던 참에 갑자기 학생들이 수런대는 소리가 들려왔다. 그 소리에 귀를 기울여보았다.

"이, 이봐, 저 사람이 입고 있는 제복! 저거, 템플 기사 아니야?"

"템플 기사가 이런 도시 변경에 있는 훈련소까지는 어쩐 일이지?"

"다들, 말 조심해. 저분은 차기 마스터 후보로 거론되고 있는, 지르베르 샤르트르 님이시라고."

누군가가 말했다.

학생들은 그 말에 일제히 입을 다문 듯했다.

크롤리도 고개만 그쪽으로 돌려보았다.

지르베르 샤르트르.

그리운 이름이었다.

그 전쟁 후, 자신과는 다른 길을 걸은 기사의 이름이었다. 이런 빛이 닿지 않는 도시 변경의 누추한 집이 아닌, 권력의 중앙으로 나아간 남자의 이름이었다.

훈련장에 들어온 청년을 보았다. 분명 자신보다 한 살 아래인 스물네 살일 터였다.

상쾌한 금빛 머리카락에 예기가 감도는 푸른 눈동자. 허리를 꼿꼿이 세운 자세에서는 강한 의지가 느껴졌다.

그 전장을 경험하고도 그의 가슴속에는 아직도 신이 깃들어 있을까.

크롤리는 문득 그런 생각을 해 보았다.

지르베르는 학생들 사이를 누비고 이쪽을 향해 똑바로 다가왔다. 1년 하고 조금 전보다는 다소 위엄 같은 것이 느껴졌다.

학생들은 크롤리에게 보냈던 것과는 전혀 다른, 존경과 동경으로 가득한 눈빛을 지르베르에게 보냈다.

크롤리도 동경의 대상으로 삼기에는 확실히 지르베르 같은 남자가 더 나으리라고 생각했다.

자신은 이미 그 전장에 소중한 것을 두고 와 버렸기에.

"……."

지르베르가 망가져 가는 의자에 앉아 있는 크롤리 앞에 서서 말했다.

"오랜만입니다, 크롤리 님."

멀찍이 떨어져 상황을 살피던 학생들이 또다시 술렁거렸다. 아무래도 저들에게는 검술보다 기사로서의 마음가짐부터 가르칠 필요가 있겠군, 이라고 그는 생각했다.

크롤리는 지르베르를 올려다보며 말했다.

"'님'자는 빼주라, 지르베르. 지금은 네가 더 잘 나가잖아."

하지만 지르베르는 개의치 않고 말을 이었다.

"크롤리 님. 어째서 교회에 나오지 않으시는 겁니까."

아무래도 호칭을 고칠 생각은 없는 모양이었다.

그는 예전부터 그랬다. 자신이 옳다고 믿는 일에 관해서는 절대로 굽히지 않는다. 그렇기에 그런 비참한 전장에서도 계속해서 신을 믿을 수 있었던 것이다.

지르베르가 다소 걱정스러운 표정으로 말했다.

"그 전장 이후, 당신은 교회에 오지 않게 되셨습니다. 물론 그 심정은 저도 이해합니다. 그 전장에서 수많은 아군이 죽었지요. 마음의 병을 얻어, 더없이 소중한 신앙심을 잃은 자마저 있을 정도입니다."

"……."

내 얘기군. 크롤리는 생각했다. 자신은 이미 신앙심을 거의 잃은 상태였다.

"하지만 당신은 아닐 겁니다. 수많은 동료들이 당신 덕에 살았습니다. 물론 저도 마찬가지입니다. 당신이 없었다면 저는…."

하지만 크롤리는 그 말을 가로막고 말했다.

"내가 살린 게 아냐. 신이 너를 살린 거야, 지르베르. 그만한 신앙심을 지녔으니까."

신을 믿을 수 없게 된 내가 말하려니 우습기 짝이 없네. 크롤리는 쓴웃음을 지을 뻔했다.

하지만 지르베르는 가만히 이쪽을 바라보며 말했다.

"만약 그렇다면, 살아남은 당신 역시 신의 선택을 받은 인간입니다."

"나는 우연히 목숨 건진 거야."

"크롤리 님."

"용건 없으면 난 그만 간다."

크롤리는 망가져 가는 의자에서 일어났다. 역시나 또 덜컥, 하는 소리가 났다. 좌측 뒤쪽 다리를 살짝 보강해 주지 않으면 의자가 흔들려서 또 깜박 졸지도 모르겠는걸. 나중에 고쳐야지, 라고 그는 생각했다.

지르베르에게 등을 돌려 걸음을 떼려 했다.

그러자 지르베르가 크롤리의 등에 대고 말했다.

"템플 기사단이 다음 마스터에 걸맞은 기사를 찾고 있습니다."

아무래도 용건은 이것이었던 모양이다.

크롤리는 뒤를 돌아보며 대답했다.

"아까 학생들이 수군대던 말이 들리던데. 네가 마스터 후보라면서. 축하한다."

지르베르가 이쪽을 쳐다보며 말했다.

"저는 당신을 추천하고 싶습니다. 동료들도 다들 그렇고요. 당신이 회의에만 와 주신다면…."

하지만 크롤리는 어깨를 으쓱할 따름이었다.

"나한테는 안 어울려."

"그 비참했던 전장에서 당신이 세운 공적은 유일할 정도로 빛나고 있습니다. 당신은 자기희생 정신으로 수많은 동료들을 구했습니다. 목숨을 걸고 수없이 많은 적을 쓰러뜨렸죠. 당신 말고 마스터에 걸맞은 사람이 있을 리가 없습니다….”

하지만 그 말을 들은 크롤리는 미소를 지으며 말을 받았다.

“자기희생이라. 그렇게 잘난 인간이 왜 자기 자신의 목숨은 희생하지 않고 뻔뻔하게 살아있는 건데?”

“신께서 당신을 선택하셨기 때문입니다!”

“하하하.”

웃고 말았다.

도무지 신이 자신을 선택했다고는 생각할 수가 없었다.

오히려 자신이 본 것은 악마였다.

성지를 되찾기 위해 나섰던 그 전장에서, 신의 이름 아래서 정의를 내걸고 이교도들을 실컷 죽이고 돌아다녔으나 결국 신의 모습은 한 번도 보지 못했다.

본 것은 악마뿐이었다.

“…….”

어찌된 영문인지 그는 그 전장에서 사람의 피를 빠는 괴물의 모습을 보고 말았다.

1년 이상이나 지난 데다 하루하루를 평화롭게 지내고 있는 지금으로써는 그것이 환상이었는지 현실이었는지 조차 확인할 방도가 없지만.

하지만 그것이 환상이었다 해도 자신은 그곳에서, 가장 신을 간절히 찾았던 곳에서, 그토록 믿었던 신을 결국 보지 못했다.

그래서 크롤리는 말했다.

"…어쨌든, 나한테는 안 어울려."

그러자 지르베르가 말했다.

"그럼 이런 도시 변경에서 귀족 자제를 상대로 검술 지도나 하는 게 당신에게 어울리는 역할이라는 겁니까?"

크롤리는 다소 떨어진 곳에서 이쪽의 상황을 살피고 있는 학생들의 모습을 흘끔 쳐다보고는 말했다.

"나와는 달리 앞날이 창창한 아이들을 육성하는 것. 중요한 일이지."

지르베르가 다소 짜증스러운 말투로 말했다.

"도망치지 마십시오. 당신에게는 당신의 소임이 있습니다."

오늘 하루에만 도망치지 말라는 말을 두 번이나 들었다. 학생인 요셉에게 도망치지 말라고, 겁쟁이, 라는 말을 들은 지 얼마나 되었다고.

그리고 확실히 자신은 도망치고 있는 것일지도 모른다.

그 전장으로부터.

악몽으로부터.

동료들의 죽음으로부터.

필사적으로 신을 찾았음에도 악마의 모습만을 보고만, 자신의 나약한 마음으로부터 계속해서 도망치고 있었다.

“크롤리 님. 템플 기사단은 당신을 필요로 하고 있습니다. 영웅인 당신을.”

“영웅의 이름을 이용하고 싶은 것뿐이잖아? 시답잖은 정치에 얽힐 생각은 없어.”

“아닙니다. 정의를 구현하기 위해 당신의 힘이 필요합니다. 이는 신의 뜻입니다.”

지르베르가 그렇게 말하는 통에 크롤리는 엉겁결에,

“이봐, 지르베르. 신의 이름을 그렇게 쉽게 입에 올리지 말라고.”

라고 말하고 말았다.

그러자 어째서인지 지르베르의 표정이 밝아졌다.

“역시 당신은, 신앙심을 잃지 않으셨군요.”

“…….”

크롤리는 그 말에 얼굴을 찌푸리고는 작은 소리로 한숨을 내쉬었다. 지르베르가 알아채지 못하도록 목에 걸린 묵주를 살며시 쥐었다. 만약 그가 정말로 신앙심을 잃은 것이라면, 어째서 이런 것이 아직도 목에 걸려 있는 것일까.

“크롤리 님.”

지르베르가 말했다.

크롤리는 고개를 숙인 채로 말했다.

"난 그만 간다."

"크롤리 님. 당신이 답해 주실 때까지 저는 매일 올 겁니다."

"성가시게 굴지 마."

"당신을, 무대 위로 끌어낼 겁니다. 그 전장에서 당신이 제 목숨을 구해주셨던 것처럼."

하지만 크롤리는 그를 무시하고 그 자리를 뒤로 했다.

◆

훈련소에 병설된 크롤리가 사는 집은 늘 깔끔했다. 몸시중을 드는 하녀가 일주일에 한 번씩 와서 청소를 해 주기 때문이다.

애초에 그는 그다지 집을 어지럽히지 않는 성격이었다. 할 일이라 해봐야 산책과 독서, 몸이 무뎌지지 않게 하기 위한 검술 훈련이 다였다. 식사는 근처에 사는 이들이 가져다주었다. 이곳에 살기 시작한지 얼마 안 되었을 무렵, 3인조 강도가 두 집 건너에 있는 이웃집을 덮치려던 것을 붙잡은 이후, 근처에 사는 이들이 남자 혼자 살려면 힘들 것이라며 교대제로 식사를 준비해 주게 되었다. 경비병 노릇을 한 덕에 가정적인 식사를 얻게 된 것이다.

그런 탓에 설거지는 물론이고 식사 준비도 할 필요가 없었다.

좌우간 이곳에서의 생활은 쾌적해서 기사들의 허영심이며 경쟁에 휘말리지 않고 조용히 지낼 수 있었다.

크롤리는 식탁에서 얼마간 오늘 일어난 일에 관해 생각해 보았다.

지르베르의 말을.

마스터 후보로 자신을 추천하고 싶다고 했던 그의 말을.

뭐가 어떻게 되어 그렇게 된 것인지는 모르겠지만 아마도 정치적인 흐름에 의한 것이리라.

조건만으로 말하자면 크롤리를 추천하는 것은 나쁘지 않은 선택지였다. 그가 태어난 유스포드 가문은 귀족 중에서도 그다지 나쁜 집안이 아니었다.

그는 셋째 아들로 물려받을 자산이나 영지 같은 것이 없었기에 전장에서 공적을 세우고자 신의 기사가 되는 길로 들어선 것이기는 했으나, 마스터나 그 위로 올라가려면 어느 정도의 인맥이 필요하기 마련이다.

유스포드의 이름은 그때 도움이 될 것이다. 만약 자신이 마스터 후보가 됐다고 하면 아버지도 기뻐할 것이다.

좌우간 지금의 템플 기사단은 정치계와 복잡하게 얽혀 있는 데다 금융에까지 손을 대고 있는 실정이니.

"……."

크롤리는 간소한 식탁에 놓인, 식은 스튜와 빵을 바라보았다. 점심식사다. 하지만 묘하게 식욕이 없었다. 어중간한 시간에 선잠을 잔 탓일까. 제대로 먹지 않으면 옆집에 사는 부인께 혼이 날 텐데.

"먹어볼까."

그가 빵을 집어든 참에 집 밖에서,

"크롤리 님!"

기운찬 소년의 목소리가 들려왔다. 크롤리가 그쪽으로 고개를 돌리자,

"들어갑니다. 크롤리 님!"

멋대로 들어왔다.

열다섯 살 정도의 밝은 인상을 풍기는 소년이었다.

기사에는 맞지 않는 자그마한 몸집에 가슴에는 붉은 십자가 마크가 들어간 갈색 장옷을 입었다.

종기사인 조제였다.

전장에서 돌아오자마자 크롤리는 자신을 따르던 종기사들을

해산시켰으나 반년 전에 그에게 배속된 조제는 오지 말라고 해도 매일 억척같이 찾아오는, 매우 귀찮은 아이였다.

"크롤리 님! 아침 훈련 감독하시느라 수고 많으셨습니다!"

크롤리는 그 말에 대답했다.

"미안하지만 조제. 너 먹을 점심은 없어."

"그럴 줄 알고 먹고 왔습니다!"

"그리고 더는 안 와도 되는데."

"그럴 수는 없죠. 저는 크롤리 님을 섬기라는 명령을 받았으니까요!"

"하지만 나 같은 녀석 곁에 있어봐야 좋을 건 하나도 없을 텐데."

그러나 조제는 어째서인지 자랑스러운 표정을 지으며 말했다.

"그럴 리 없습니다! 십자군의 영웅, 크롤리 유스포드 님을 섬기는 것은 몸에 겨운 영광이니까요!"

그늘이라고는 눈곱만치도 없는, 빛이라도 뿜을 듯한 미소로 조제는 그렇게 말했다.

크롤리는 그 기세에 밀려 쓴웃음을 짓고 말았다.

"영웅이라…."

그 이야기는 좀 전에 넌더리가 나도록 하고 온 참이었다.

그리고 자신은 영웅 같은 것이 아니었다.

적어도 템플 기사단에서는 전사하는 것이야말로 기사의 명예라 여기고 있을 터였다. 특히 상급 기사에게는 적에게 항복하는 것이 허락되지 않는다. 그렇거늘 이런 패전지장에게 대체 무슨 명예가 있다는 말인가.

하지만 조제는 기쁜 듯 말을 이었다.

"오늘도 전장에서 보여주셨던 크롤리 님의 대활약을 살아남은 다른 기사님께 듣고 오는 길입니다! 그 이야기를 여기서 해도 되겠습니까?!"

"될 리가 없잖아?"

"이렇게 부탁드립니다!"

"게다가 내가 왜 내 이야기를 남한테 들어야 하는 건데."

"그야 당연히 잊으신 것이 아닐까 싶어서죠!"

"그거, 진심으로 하는 소리야?"

하지만 조제의 표정은 진지하기 그지없었다. 그는 늘 열심이었다. 신을 열정적으로 믿고, 템플 기사단에서 희망을 보고 있으며 주인인 크롤리를 존경해마지 않는다.

이 지방의 종기사는 다들 평민 출신이다. 그도 가난한 집안 출신이라고 들었다. 명예라는 단어가 없는 세계에서 와서, 명예와 긍지를 위해 목숨을 걸겠다는 것이다.

그리고 이런 아이들이 그 전장에서 수없이 죽어나갔다.

순수한 마음으로 신을 믿었던 아이들에게, 신은 한 번도 미소를 지어 주지 않았다.

단 한 번도.

조제가 말했다.

"그러면 크롤리 님의 영웅담은 저녁식사 때 말씀드리기로 하고."

"밤에는 돌아가래도."

"그래서, 오후에는 어떻게 할까요? 뭘 도우면 되겠습니까?"

"아니, 딱히 도와줄 일은 아무것도 없는데."

"그럼 크롤리 님은 오후에 무엇을 하실 예정이십니까?"

"음~ 난 지금부터 이 근처 치안에 이상이 없는지 순찰을 나갈 생각이야."

아무 일도 안 하고 식사를 계속 얻어먹을 수는 없는 노릇이기 때문이다.

"그러니 너는 오후가 되면 돌아가."

하지만 조제는 감동한 듯한 표정으로 말했다.

"과연, 역시 크롤리 님! 치안을 지키는 것은 기사들의 가장 중요한 임무라고 들었습니다! 부디 저도 동행하게 해 주십시오!"

아무래도 따라올 생각인 모양이었다.

그 말을 들은 크롤리는,

"하아."

작은 소리로 한숨을 쉬고는 또다시 목에 건 묵주로 손을 가져갔다. 그것은 버릇이었다.

마음은 신과 함께.

늘 신과 함께.

그 전장에 가기 전까지는 그의 마음속에도 신이 깃들어 있었건만….

◆

길거리를 걷던 사람들이 말을 붙여왔다.

"기사님."

"템플 기사님."

"순찰 도시느라 수고 많으십니다."

조제가 그 말에 자랑스럽게 가슴을 펴며 크롤리를 올려다보았다.

그 시선이 시끄럽게 느껴질 지경이었다. 그래서 크롤리는 조제를 내려다보며 말했다.

"조제, 시끄러워."

"예?! 저 지금, 아무 말도 안 했는데."

"분위기가 시끄럽다고."

"에에에에엑?! 죄송합니다!"

한 걸음 물러났다.

그러고는 등 뒤에서 말했다.

"그나저나 여전히 인기가 엄청나십니다, 크롤리 님."

그렇게 말하기에 크롤리는 답했다.

"네가 보란 듯이 템플 기사 제복을 입고 있어서 이렇게 된 거라고. 평소에는 이렇게까지 말을 걸어오지 않아."

평소 크롤리는 검을 차고 다니기는 해도 그밖에 기사라는 것을 알 수 있을 만한 차림새는 하지 않았다. 그러면 말을 걸어오는 사람도 거의 없었다.

제복을 입느냐 마느냐에 따라 그만큼의 차이가 나타난다.

템플 기사단의 명성은 나날이 커지고 있는 듯했다.

조제가 말했다.

"하지만 다들 제복을 입은 제가 아니라 크롤리 님께 고개를 숙였습니다. 역시 그것 때문일까요. 풍격이나 위엄의 차이 같은 게 보이는 걸까요."

"……."

"저도 나중에 크롤리 님처럼 키가 자라고, 근육도 잔뜩 붙게 해달라고 하느님께 매일 기도를 드리고 있답니다."

"뭐어? 그런 걸 기도한다고?"

무심결에 그렇게 묻자 조제는 옆에 나란히 서더니 기쁜 듯이 말했다.

"네! 그게 제 꿈입니다. 오늘도 아침에 교회에서 기도를 드리고 왔습니다."

그렇게 말하더니 조제는 크롤리를 올려다보며 물었다.

"그나저나 크롤리 님은… 언제 예배에 가십니까?"

"나?"

"네. 생각해 보니 한 번도 교회에서 뵌 적이 없는 것 같아서. 크롤리 님 같은 기사님들이 가는 곳은 따로 있는 겁니까?"

그 말을 들은 크롤리는 목에 걸린 묵주를 한차례 움켜쥐고는 답했다.

"나는, 그 전장에서 평생치 기도를 다 했거든. 이제 신은 내 얼굴 보기도 질렸을 거야."

"전장… 십자군에 참가하셨던, 그 전장 말씀이시군요."

목소리를 억누르기는 했으나 조제의 눈동자는 감출 수 없는 호기심으로 반짝이고 있었다. 이야기가 안 좋은 쪽으로 굴러갔네. 크롤리는 생각했다.

조제가 물었다.

"전장에서 신께 무엇을 기도하셨습니까?"

그 말을 들은 크롤리는 떠올렸다. 당시, 자신이 무엇을 기도했는지.

"아니, 입에 담기가 부끄러울 정도로 대의도 뭣도 없는 이기적인 기도뿐이었어. 오늘도 칼에 맞지 않게 해 주소서. 화살에 맞지 않게 해 주소서, 하고."

"그리고 신께서는 기도를 들어주신 것이군요! 그도 그럴 것이 크롤리 님은 이집트에서 셀 수 없이 많은 이교도들을 죽이고, 영웅이 되셨잖습니까!"

또 영웅이라는 말이 나왔다.

다들 영웅이라는 말 너무 좋아하는 거 아냐?

크롤리는 대답했다.

"하지만 전쟁에서는 졌어. 내가 약했던 탓일까… 아니면 기도가 부족했던 걸까."

"크롤리 님은 약하지 않습니다! 분명 그 패배도 하느님께서 내리신 시련일 겁니다! 하느님이 크롤리 님을 사랑하시기에 더더욱 자신을 연마하고 성장할 기회를 주신 겁니다!"

그것은 몹시도 기사다운 의견이었다. 검술수업의 학생인 요셉은 조제에게 배우는 게 나을지도 모르겠다.

크롤리는 웃으며 조제의 머리에 턱, 하고 손을 얹었다.

"나 원. 조제 너는 분명 좋은 템플 기사가 될 거야."

"저, 정말이십니까?!"

칭찬하자 뺨을 새빨갛게 물들인 채 기뻐하는 조제를 보고 크롤리는 웃었다. 자신도 일찍이 이토록 이상을 좇았던 시기가 있었을까. 그랬는지 어쨌는지는 이제 기억조차 나지 않았다.

얼마간 시가지를 거닐던 중, 뒷골목으로 이어진 좁은 길 초입에 사람들이 모여 있는 것이 보였다. 시민들이 멀찌감치 떨어져서 조심조심 뒷골목을 들여다보고 있었다.

"크롤리 님, 저기, 무슨 일이 있었던 걸까요…?"

"흠. 잠깐 가서 살펴볼까."

"네."

두 사람은 인파 쪽으로 다가갔다. 사람들은 기사가 온 것을 보고 길을 터 주었다. 크롤리는 그 사이를 지나 어두운 골목 앞까지 나아갔다.

이제 정오가 조금 지났을 뿐인데 그 골목은 지옥이 입을 쩍 벌리기라도 한 듯 어둡고 지저분하고 오싹한 분위기를 풍기고 있었다.

조제가 등 뒤에서 시민들에게 말을 붙였다.

"대체 무슨 일이 있었던 건가?"

그러자 중년 남성이 대답했다.

"아, 기사님. 그게, 잘은 모르겠습니다만."

"잘 알지도 못하면서 왜 모여 있는 거지?"

"아아, 하지만 기사님. 다가가지 않는 게 좋을 겁니다. 무서운 게 안에 있다고 하니…."

"무서운 것? 대체 무슨 소리지?"

"괴물입니다. 사람의 피를 빨아 죽이는, 괴물."

"사람의 피를? 그 말인즉, 살인이 있었다는 건가?"

"네."

조제가 크롤리의 옆으로 다가왔다.

"살인이라는 모양입니다, 크롤리 님."

크롤리는 고개를 끄덕였다.

그대로 똑바로 깜깜한 골목 안으로 들어갔다.

"아, 크롤리 님."

쫓아오려 하는 조제에게 명령했다.

"사람들에게 당분간 이곳으로 다가오지 말라고 전해. 좀 조사해 보지."

그러자 남자가 말했다.

"조, 조사해 주시는 겁니까?!"

크롤리는 대답하지 않았다. 하지만 조제가 대신 말했다.

"크롤리 유스포드 님께 맡겨두면 괜찮다. 그도 그럴 것이 크롤리 님은 십자군 원정에서…."

"조제."

"에, 아, 네."

"입 다물어."

"죄, 죄송합니다. 어쨌든, 크롤리 님께 맡겨두면 괜찮으니 다들 이곳에서 떨어지도록."

그러자 여자의 목소리가 들려왔다.

"기사님, 혼자 가시면 위험해요. 이 괴물은 벌써 몇 사람이나 죽였다고요."

목소리의 주인은 크롤리에게 말했다.

고개를 돌려보니 다른 시민들과는 다른 척 보아도 얇은 옷을 입은 여자가 있었다. 아마도 매춘부일 것이다. 풍만한 가슴이며 다리가 훤히 드러나 있었다. 미인이었다. 피부가 옅은 갈색을 띤 것이 이국의 피가 섞인 것으로 보였다.

그 여자가 울음을 터뜨릴 듯한 표정으로 말했다.

"저희 같은 여자만 노려 죽이는 괴물이에요. 벌써, 몇 사람이 죽었는지."

조제가 말했다.

“그렇게 많이 죽었는데 아무도 움직이지 않았나?”

“매춘부가 몇 명 죽건, 움직여 줄 사람은 아무도 없어요. 하지만 이미 반년 만에, 30명은 어둠의 악마에게 죽었어요.”

어둠의 악마—라는 이름까지 붙은 모양이었다. 도시 안에서 30명이나 죽였으니 확실히 괴물이라 불릴 만했다.

도시에서 사람을 죽이면 악마.

전장에서 죽이면 영웅이다.

여자가 말했다.

“그러니 혼자서는….”

크롤리는 그 말을 미소로 가로막고는 말했다.

“경고해 줘서 고맙다.”

“하지만.”

여자가 그렇게 말하자 조제가 화를 냈다.

“이봐, 매춘부 주제에 건방 떨지 마라. 이분이 누구이신지나….”

“조제. 일이나 해.”

약간의 노기가 섞인 목소리로 나무라자 조제는,

“아으.”

하고 입을 삐끔거리다가 죄송합니다, 라고 말했다. 그러고는 구경꾼들을 쫓아냈다.

크롤리는 골목 안으로 들어갔다.

골목에 들어선 순간, 전장에 있었을 적에 자주 맡았던 냄새가 감돌고 있음을 알아챘다.

피와 죽음의 냄새다.

전장에서 보았던 광경이 뇌리에 떠올랐다. 동료와 이교도들의 시체가 산을 이룬 광경이.

"……."

어두운 골목을 걸었다.

시체는 금방 찾을 수 있었다.

땅바닥에 엎어진 여자의 시체가 한 구. 역시나 매춘부였다. 그녀는 알몸이었다. 나이프로 목을 벤 듯했다.

하지만,

"왜, 피가 없지?"

벽과 땅바닥에 아마도 베인 순간 생겼을 터인 핏자국은 조금 있었지만 그래도 목이 베여 죽은 것치고는 피의 양이 적었다. 땅바닥에 피로 된 웅덩이가 생겼어도 이상할 것이 없을 터였다.

크롤리는 그 시체에 다가갔다. 머리카락을 잡고 얼굴을 보았다. 공포로 일그러진 표정으로 절명했다. 예상대로 피는 흐르지 않았다. 피의 양이 너무도 적었다.

"피를, 뽑힌 건가?"

그는 작은 소리로 중얼거렸다.

그러고는 땅바닥에 여자를 내려놓고 일어났다.

그 외에도 시체가 있었기 때문이다.

벽에 말뚝 같은 것이 일곱 개 박혀 있었다. 그리고 알몸 상태로 다리가 묶인 채 말뚝에 거꾸로 매달린 여자들의 시체가 일곱 구 있었다.

모두가 목을 베였다. 사냥해 온 토끼의 피를 뽑는 것과 같은 방식이었다. 나무 통 같은 것에 피를 담아가지 않았다면 땅바닥은 피바다가 되었을 것이다.

요컨대 아무래도 이 살인귀는 피를 가지고 간 모양이다.

하지만 대체 무엇에 쓰려고?

그러던 참에 또다시 그 전장의 기억이 되살아났다.

그것도 마지막에 보았던, 악마의 기억이.

황홀한 표정으로 사람의 목에서 피를 빠는, 아름다운 악마의 모습.

하지만 그것은 환상이었을 터. 전장이 너무도 비참한 나머지, 마음에 자리했던 신을 잃고 마음이 약해져 버린 자신이 보고만 환상이었을 터다.

피를 빠는 괴물 같은 것이 있을 리가 없으니.

"…하지만, 이건…."

그렇게 중얼거리며 마치 도움을 구하기라도 하듯 자신의 목에 건 묵주로 손을 뻗은 참에 등 뒤에서 목소리가 들려왔다.

"우읍… 냄새 한 번 지독하네."

조제가 옆으로 다가와 말했다. 그는 마찬가지로 벽에 매달린 시체를 올려다보며 말했다.

"대체, 뭡니까, 이건."

그 말에 크롤리는 대답했다.

"시체지."

"그건 저도 압니다. 아아, 정말이지 참기 힘든 냄새군요. 크롤리 님은 용케 아무렇지도 않으시군요."

"냄새? 아아… 뭐어, 시체는 하도 봐서 익숙하니까."

"이런 광경이 익숙하시다는 말씀이십니까? 역시 굉장하십니다. 저도 본받아야겠군요."

조제는 무슨 생각에서인지 심호흡 같은 것을 하려다가 사레가 들려 기침을 해댔다. 그 모습을 본 크롤리는 이토록 비참한 광경이 눈앞에 벌어져 있는 상황임에도 저도 모르게 웃고 말았다.

조제는 정말로 순수한 아이였다. 솔직히 말해서 그는 전장에 나서지 말았으면 했다. 그는 다정하고 몸집도 작아, 아무리 봐도 싸움에 걸맞지 않을 듯했기 때문이다. 만약 그가 전장에 나서게 된다면 얼마 되지 않아 이 냄새가 지독한 물체의 동료가 되고 말 것이다.

전장에서 신은 약자에게 다정하지 않다.

매달린 일곱 구의 시체를 올려다보며 조제가 겁에 질린 듯한 목소리로 말했다.

"…마녀의 짓일까요?"

확실히 그러한 흑마술 같은 냄새는 느껴졌다.

악마를 신앙하는 자의 의식 같은 냄새.

악마— 피를 빠는 악마.

"이거 어쩌면, 템플 기사가 움직여야 할 문제일지도 모르겠는걸."

"제가 보고하고 올까요?"

"부탁해도 될까?"

"네! 금방 돌아오겠습니다!"

조제가 골목에서 뛰쳐나갔다. 크롤리가 그동안 뭔가 단서가 될 만한 것이 없을까 싶어 그 자리에서 시체를 올려다보고 있자니 다시금 등 뒤에서 목소리가 들려왔다.

"우와와~ 맙소사, 이게 다 뭐람. 이거 정말 장관인걸~"

실실대는 듯한, 묘하게 경박한 목소리였다.

벌써 템플 기사단의 일원이 온 것일까? 조제는 이제 막 골목을 나섰으니 그럴 리는 없을 텐데.

"……."

크롤리가 뒤를 돌아보자 그곳에는 이상하리만치 요염한, 인간인지가 의심되는 미모를 지닌 한 남자가 서 있었다.

은빛을 띈 긴 머리에 혈관이 비쳐 보이지 않을까 싶을 정도로 하얀 피부. 몸에 걸친 옷도 실력 좋은 재단사가 지은 듯한 고급스러운 것이었다.

이런 옷은 상급 기사들도 못 입는다.

다시 말해 그는 어딘지 모를 커다란 상가의 인간이거나,

"…당신은 귀족이십니까?"

그러자 남자는 다시 실실 웃는 얼굴로 이쪽을 올려다보며 말했다.

"그러는 너는 살인귀?"

이런 상황에서 농담을 할 수 있는 자는 얼마 되지 않을 터다. 좌우간 이곳에는 등골이 오싹해지는 방법으로 살해당한 시체가 여덟 구나 있는 것이다. 평소 훈련을 하고 있는 조제조차도 구토를 참아야 할 정도로 지독한 죽음의 냄새가 감돌고 있건만.

그렇건만 이 남자는 실실 웃고 있었다. 그 사실에 크롤리는

다소 긴장했다.

어쩌면 이 녀석이 범인일지도 모른다. 그런 가능성을 머릿속에 떠올리며 오른손에 힘을 줬다. 당장에라도 허리에 찬 검을 뽑을 수 있도록.

그리고 만약 상대가 숙련된 무인이라면 그 근육의 움직임을 알아볼 수 있을 터였다. 아니, 크롤리는 알아볼 수 있도록 살며시 움직여 보였다.

이 녀석이 범인일 경우, 목을 치면 그만이다. 만약 묘한 움직임을 취하면 즉시 검으로 베어 주리라. 그러기 위한 동작의 이미지를 머릿속으로 그렸다.

하지만 눈앞에 있는 아름다운 남자는 크롤리가 근육을 움직여도 반응을 보이지 않았다.

전혀 경계심이 느껴지지 않는 무방비한 상태로 매달린 시체를 쳐다보며 입을 열었다.

"확실히 너처럼 키가 크고 몸이 단련된 사람이라면 시체를 매달 수 있을지도 모르지만 나한테는 무리겠어. 게다가 네가 저지른 일이라 해도 일곱 구나 매달기는 힘들 테고. 만약 네가 범인이라면 이거, 어떻게 한 거야?"

그렇게 말했다.

그것은 마치 자신의 결백을 증명하기라도 하는 듯한 말이었다.

확실히 이 남자가 말한 바대로 이런 짓을 혼자서 하기는 무리일 듯했다. 만약 할 수 있다 한들 상당히 시간이 걸릴 테고, 무엇보다도 이 남자의 키와 몸집으로는 범행을 실행할 수 있을 것 같지 않았다.

키가 작은 편은 아니었지만 몸은 여리여리한 것이 단련을 하고 있는 것처럼은 보이지 않았다.

크롤리는 긴장을 풀고서 말했다.

"제가 살인귀였다면 당신은 벌써 죽었을 겁니다."

"그럼 누구인데?"

"기사입니다. 템플 기사단의. 크롤리 유스포드라 합니다."

그러자 남자는 이쪽을 올려다보며 어째서인지 다소 즐거운 듯, 그러면서 품평이라도 하는 듯한 눈으로 지긋이 훑어보며 말했다.

"유스포드 가문의, 크롤리 군이라. 좋아, 이름은 기억했어."

유스포드를 알고 있었다. 역시 그는 귀족인 듯했다.

"당신은?"

그렇게 묻자 아름다운 남자는 자기소개를 했다.

"페리드 바토리. 네 말대로 귀족이 맞기는 하지만 시골 귀족이니 격식 차려서 말하지 않아도 돼. 너도 귀족 출신이잖아?"

크롤리는 웃으며 말을 받았다.

"하지만 이어받을 것이라고는 하나도 없는 셋째 아들입니다."

그러자 페리드도 웃었다.

"그럼 나도 셋째라 치고 경어는 그만 쓰자, 크롤리 군. 아, 뭣하면 페리드 군이라고 불러도 돼."

상당히 넉살이 좋은 남자였다. 크롤리는 그 말에 대답하지 않고 물었다.

"그런데 당신은 어째서 이런 곳에?"

그러자 페리드는 즐거운 투로 대답했다.

"당연히 여자를 죽이러 왔지."

그 말을 들은 크롤리가 페리드를 빤히 쳐다보자 그는 웃었다.

"뭐야, 진지하게 대답해야 하는 거야?"

"가능하다면."

"심문이라 이건가?"

"아뇨, 그런 건…."

"뭐, 근데 창부가 있는 곳에 올 이유는 하나밖에 없잖아? 여자를 사러 온 거야. 아, 혹시 크롤리 군은 그거야? 매춘부에게 설교하는 게 취미인 사람? 취미 참 고약하네."

역시나 페리드는 즐거운 투로 말했다. 그 바람에 크롤리는 '조금 시끄러운 녀석이군'이라고 생각하기 시작했다.

"이런 곳 말고 귀족이 가기에 걸맞은 창관이 있을 텐데."

다소 말투가 누그러지고 말았다. 페리드가 그 사실을 알아채고는 씩 웃었다.

"너도 마찬가지일 테지만, 같은 음식만 먹으면 질리잖아?"

"글쎄, 나는 여자를 사지 않거든."

"에, 설마 동정이야?"

크롤리는 대답하지 않았다. 하지만 페리드는 역시나 실실 웃으며,

"그럴 리가 없으려나. 이 체격에 그 얼굴이면 여자들이 가만 안 둘 테니까."

이쪽의 가슴에 손을 대려 했다.

그 팔을 붙들었다. 가녀린 팔이었다. 부러뜨리려고 마음만 먹으면 쉽게 부러뜨릴 수 있을 듯했다.

하지만 페리드는 역시나 즐거운 투로 말했다.

"게다가 템플 기사단의 기세는 하늘을 찌를 듯하지. 입단할 때는 청빈, 정결(貞潔), 순종을 맹세하지만 실제로는 돈과 여자에 찌들어 있다며? 네가 함께 자는 여자는 이런 변두리 여자가 아니라 귀족 여인들이려나?"

크롤리는 페리드를 노려보며 말했다.

"너무 허물없이 구는 거 아니야?"

"그래?"

"너, 남색가지?"

페리드는 웃으며 그 말을 받았다.

"여자를 사러 왔다고 했잖아?"

크롤리는 페리드의 팔을 떠밀고는 다소 거리를 벌렸다.

그러고는 말했다.

"유감스럽게도 여긴 폐업했어. 여자들이 다 죽었거든."

페리드가 또다시 즐거운 듯 웃었다.

"확실히 오늘은 무리일 것 같네. 뭐, 시체로 시험해 본다는 수도 있지만."

그런 소리를 하며 웅크려 앉더니 땅바닥에 쓰러진 시체로 손을 뻗었다.

"뭐 하려고?"

그렇게 묻자 페리드는 시체의 쩍 벌어진 목에 손가락을 집어넣었다. 질척질척, 상처를 후비는 소리가 났다.

이상한 녀석 같으니. 그런 생각은 들었지만 미신에 현혹되어 괴물을 겁내고 있는 시민들에게 묻는 것보다는 적어도 이 상황에서도 냉정함을 유지할 줄 아는 이 남자에게 정보를 묻는 편이 낫겠다 싶어 질문을 날렸다.

“너는….”

“페리드 군이래도.”

“…그럼 페리드 군은 이곳에 자주 들락거려?”

“그런지 몇 달 됐지.”

“그럼 이런 살인이 일어나고 있다는 사실은 알았어? 벌써 30명 이상이 죽었다는 정보도 있던데.”

그러자 페리드는 대답했다.

“그런 소리를 한 여자도 있었던 것 같은데… 아아~ 그러고 보니 인간의 피를 빠는 괴물— 흡혈귀가 이 근처에 나온다는 웃기지도 않는 잠꼬대를 했던 애는 있었던 것 같아. 뭐어, 물론 그런 게 있을 리는 없지만. 하지만 이걸 보니 살짝 믿어 버릴 것 같네에.”

그런 소리를 했다.

그 말을 들은 크롤리는 물었다.

“믿어 버릴 것 같다니, 뭐를?”

“흡혈귀의 존재.”

“설마.”

“뭐야. 신의 존재는 긍정하면서 흡혈귀는 부정하겠다고?”

그 발언은 매우 위험한 것이었다. 듣는 자에 따라서는 페리드를 부도덕한 이단자로 몰아붙일 가능성도 있었다.

크롤리는 페리드를 내려다보며 말했다.

"말조심 좀 하는 게 좋겠는걸."

"어라아, 이제 막 만난 나를 걱정해 주는 거야?"

기쁜 듯 이쪽을 올려다보는 페리드의 얼굴은 순수하기 그지없어 화를 낼 생각이 싹 가셨다. 하지만 그래도 할 말은 해야 했다.

"나 이외의 템플 기사단 앞에서 그런 발언은 하지 않는 게 좋아. 안 그래도 이 상황은 이상해. 마녀나 악마주의자가 관여했을 가능성이 있어. 부주의한 발언은 삼가도록 해. 뭐, 아까 말한 대로 네가 범인이고 악마주의자라면 얘기가 달라지겠지만."

페리드는 웃으며 말을 받았다.

"에이, 설마. 나는 하느님의 아이라고. 가끔은 교회에도 가는걸~"

그렇게 말하며 페리드는 여자 시체의 목에서 손가락을 뺐다.

그러던 참에 등 뒤에서 목소리가 들려왔다.

"크롤리 님!"

돌아보니 조제였다. 템플 기사들은 아직 오지 않았다. 아마도 조제만 달려온 것이리라.

페리드가 말했다.

"저 귀여운 애는 누구야? 네 애인?"

크롤리는 그 말에 대꾸하지 않고 말했다.

"그래서, 지원은?"

"금방 도착합니다!"

"그래? 그럼 내 역할은 여기까지군."

"그럴 수가… 다들 크롤리 님을 만날 수 있다는 생각에 서둘러 이쪽으로 오고 있는데."

그렇다면 더더욱 만나고 싶지 않았다.

보나마나 또 빨리 돌아오라며 잔소리를 해댈 테니.

그래서 크롤리는 말했다.

"조제."

"네."

"이곳을 부탁하마. 템플 기사단에게 잘 인수인계 해다오."

"에, 하지만."

크롤리는 그대로 현장을 조제에게 맡긴 채 골목을 나섰다.

"아, 잠깐 기다려. 나도 갈래. 너랑 같이 있지 않으면 마녀사냥 당할지도 모르니까~"

그런 소리를 하며 페리드가 등 뒤에서 따라왔지만 그는 돌아보지 않았다.

하지만 행동이 다소 늦었다. 골목에서 나온 참에 여러 명의 기사들과 마주치고 말았다.

선두에는 지르베르가 있었다. 그밖에도 면식이 있는 상급 기사들과 그들을 따르는 종기사가 스무 명 정도 있었다. 아주 주렁주렁 매달고 왔다. 악마숭배자를 잡기 위한 것인지, 아니면 크롤리에게 기사들을 소개하기 위해서인지 구분이 안 될 지경이었다.

지르베르가 말했다.

"크롤리 님. 당신이 지원을 요청하셨다는 말을 듣고 달려왔습니다. 이곳에 모인 자들은 모두 당신의 신봉자들입니다."

아무래도 후자인 모양이었다.

크롤리는 말했다.

"그런 건 아무래도 좋아. 이 골목 안에서 여자 여덟 명이 살해당했어. 범인을 붙잡아줘."

그 말을 들은 지르베르가 크롤리의 등 뒤에 자리한 골목을 쳐다보았다.

"악마숭배자의 짓일 가능성이 있다고 들었습니다만."

"직접 눈으로 확인해 봐."

"그럼 함께 가시죠."

하지만 크롤리는 고개를 가로저었다.

"아니, 나는 볼일이 좀 있어서."

"크롤리 님. 그 말이 거짓말이라는 것을 저는 압니다. 더 이상은 안 놓칠 겁니…."

하지만 그러던 참에 등 뒤에 있던 페리드가 앞으로 나서서는,

"이야~ 볼일이 있다는 건 사실이거든~ 오늘은 우리 저택에서 있을 만찬회에 크롤리 군을 초대하기로 했는데… 도중에 묘한 사건에 휘말려 들어서 말이야. 하지만 템플 기사단이 왔으니 이제 안심해도 되겠지? 이것 참 다행이지 뭐야. 이제 도시 사람들도 안심할 수 있을 테고 만찬회에도 시간 안에 갈 수 있겠어."

웃는 얼굴로 그렇게 말했다.

도와준다고 한 소리일까?

페리드를 본 지르베르는 아무 말도 하지 않았다. 페리드의 모습이며 행동거지가 척 보아도 귀족 같았기 때문이다.

"자아. 가자고, 크롤리 군."

"응? 아~"

"자아, 어서."

그가 팔을 잡아끌었다. 크롤리는 그 말에 고개를 끄덕이고는 페리드를 따라갔다.

그러자 지르베르가 말했다.

“조제.”

“네, 네! 왜 그러십니까, 지르베르 님.”

“종기사의 임무는?”

“그, 그게….”

“주인이 길을 잃은 것 같다면, 그걸 바로잡는 것도 임무라 생각하지 않나.”

지르베르가 쓸데없는 소리를 불어넣었다.

그러더니 지르베르는 이쪽으로 고개를 돌리며 말했다.

“크롤리 님. 당신은 반드시 저희 곁으로 돌아올 겁니다. 저희는 그렇게 믿고 있습니다.”

하지만 크롤리는 그 말에도 답하지 않고 페리드를 따라갔다.

옆에 있던 페리드가 작은 소리로 웃으며 말했다.

“하하, 인기 좋네, 크롤리 군.”

크롤리는 넌더리가 난다는 표정으로 팔을 잡아끄는 페리드의 얼굴을 보았다.

얼마간 그대로 가다 한 번 모퉁이를 돈 참에 그는 페리드의 팔을 뿌리쳤다.

“그만 됐어.”

“그래? 그래서, 어땠어?”

"뭐가?"

"도움이 됐어?"

그런 소리를 해대기에 크롤리는 넌더리가 난다는 표정으로 페리드를 보며 대답했다.

"뭐어, 그렇지."

"감사 인사할 생각은?"

"도와달라고 한 적은 없는데."

"아하하. 뭐어, 그야 그렇지. 그래서, 이제 어쩔 거야?"

"집에 가야지."

"어라, 하지만 분명 우리 집 만찬에 오기로 했던 것 같은데?"

"만찬회 같은 거 안 하잖아. 초대 받은 적도 없고."

"그럼 초대하면 올 거야? 와라."

"싫어."

"에, 어째서?"

"이제 막 만난, 심지어 시체 목에 손가락이나 쑤셔 넣는 변태 집에는 가기 싫어."

그렇게 말하자 페리드는 또다시 웃어댔다.

"하하하, 네가 안 해서 내가 한 건데 말이 심하네에."

그리고 페리드는 살짝 걸음 속도를 높여 크롤리의 앞에 나서더니 그대로 손을 들었다. 여자의 목을 뒤졌던 손을. 그러더니 피가 묻은 손가락을 들어 빙글빙글 돌렸다. 그 손가락에는 금속으로 된, 가느다란 바늘 같은 것이 들려 있었다.

"응? 그건?"

크롤리가 묻자 페리드가 어깨를 으쓱하며 대답했다.

"글쎄, 뭘까."

"그거, 설마 시체의 목 안에서 나온 거야?"

"응. 그래서 흉기가 아닐까 싶은데."

"잠깐, 그걸 가져오면 어떡해."

"에? 어째서? 문제없잖아. 너랑 내가 사건을 해결하면 그만이니까."

"뭐? 왜 우리가 해결해야 하는데."

"재미있을 것 같으니까?"

"저기, 페리드 군, 너 말이야…. 하아, 어쨌든 그건 템플 기사단 사람에게 돌려줘야 해."

그러자 페리드는 역시나 웃으며,

"자, 그럼 가져가, 템플 기사 군."

바늘처럼 생긴 무언가를 불쑥 내밀었다.

"네가 돌아가서 돌려주고 와. 물론 그러면 또 돌아오라는 소릴 듣겠지만."

크롤리가 얼굴을 찌푸리자 페리드는 또다시 웃었다.

“뭐어, 딱딱하게 굴지 말고 일단 오늘은 우리 집 만찬회에 와. 같이 앞으로 어떻게 할지 얘기나 해 보자고.”

“아니, 앞으로고 뭐고 할 게 어디 있어. 대체 뭘 어쩔 셈이야?”

크롤리가 그렇게 묻자 페리드는 역시나 여유롭게 바늘을 손가락으로 빙글빙글 돌리다 딱 멈추더니 그 바늘을 들여다보기라도 하듯 쳐다보았다.

그러고는 말했다.

“은제. 안이 텅 비었어. 이걸로 피를 빨았거나 뺐겠지. 아무튼 저 골목에서 여덟 명을 죽인 흡혈귀에게는 은으로 된 이빨이 나 있어.”

자연스러운 말투로 페리드는 그렇게 말했다.

그리고 말을 이었다.

“하지만 뭐어, 은으로 된 이빨이 나 있는 생물 같은 게 있을 리가 없으니 이건 누군가가 만든 거겠지. 하지만 은을 세공해 만든 바늘에 이만큼 가느다란 구멍을 뚫을 수 있는 장인은 흔치 않아. 분명 이걸 만든 건 유명한 조금사(彫金師)일 거야. 그렇다면 아마도 추적할 수 있겠지. 물론 나는 예쁜 걸 좋아해서 아는 조금사가 있는데 이걸 만들 수 있을 정도로 솜씨가 좋은 장인이 누구인지 물어봐 줄까?”

그렇게 단숨에 단언을 하는 것을 보고 이 남자는 무척 머리가 잘 돌아가는 녀석임을 알아챘다. 여자 시체의 목에 손을 쑤셔 넣은 것도 변태라서가 아니었다. 그 상황에서 어디에 증거가 남아 있을지를, 그는 그 자리에서 판단한 것이다.

크롤리는 물었다.

"한 가지, 물어봐도 될까."

"뭐를 말이야?"

"다른…."

하지만 페리드는 마치 다음에 나올 말을 예상이라도 한 듯 앞질러서 말했다.

"아마 다른 시체에는 증거가 남아 있지 않을 거야. 매달린 일곱 구는 말끔하게 관리 되어 있었어. 피는 한 방울도 흐르지 않았지. 일곱 구의 시체는 정확히 같은 간격으로 늘어서 있었어. 꼭 예술품처럼. 그러니 범인은 엄청 신경질적인 녀석일 거야."

바늘을 한 번 더 빙글 돌리고는 말을 이었다.

"하지만 마지막 한 구는 어땠지? 벽에 피가 묻어 있었어. 땅바닥도 살짝 더럽혀진 데다 매달려 있지도 않았지. 어질러져 있었어. 그것도 무척이나. 분명 마지막 한 구를 처리하던 중에 문제가 일어난 거야. 저항을 했거나 누군가에게 목격을 당했거나. 그럴 때는 증거가 남기 쉬워. 그래서 상처 부분을 뒤져보니 예상대로였다 이거지.”

바늘을 휙 던졌다.

크롤리는 그것을 받아들어 살펴보았다. 자신이 발견했다면 그 바늘이 텅 비었다는 사실조차 알아채지 못했을지도 모른다.

그는 다시 한 번 물었다.

“한 가지만 더 물어봐도 될까?”

“뭔데 뭔데?”

“너 대체, 정체가 뭐야?”

그러자 페리드는 기쁜 듯이 빙긋 미소 짓더니,

“즐겁고 유쾌한, 네 친구지.”

그렇게 말했다.

그 말에 크롤리는 묘한 녀석과 얽혀버렸구나, 싶었다. 이 남자가 무슨 생각을 하고 있는지 전혀 알 수가 없었다. 게다가 무척 머리가 잘 돌아가기까지 했다. 어렴풋이 이 남자와 어울리는 것은 위험한 짓이라는 경고 같은 직감이 들었다.

크롤리는 의식적으로 손을 목 언저리로 가져가려 했다.

그러던 참에 페리드가 말했다.

“불안해지면 ‘엄마 도와줘~’라고 하듯 묵주 움켜쥐는 버릇은 버리는 게 좋지 않을까?”

“…….”

하지만 그 순간, 크롤리는 팔을 움직이지 않았다. 페리드는 그저 근육의 미세한 움직임만 보고 그렇게 말한 것이다.

이것을 알아챈 것을 보면 처음 만났을 때, 허리에 찬 검을 뽑으려 했던 기척도 알아챘을 터다. 그럼에도 페리드는 전혀 경계하는 낌새를 보이지 않았다.

대체 어째서.

크롤리는 물었다.

"어째서, 검을 피하지 않았지?"

그렇게만 말해도 이 녀석에는 전해질 것이다. 페리드는 이쪽을 보며 말했다.

"네가 좋은 사람인 것 같아서. 게다가 나처럼 비실비실한 몸으로는 네 검을 못 피해."

"…그럼, 내가 검을 뽑으려 했던 건."

"알고 있었어."

"그런데도 그렇게 태연하게 있을 수 있었다고?"

"몇 번이나 말하지만 네가 좋은 사람인 것 같아서."

나사가 한두 개쯤 풀린 녀석—이라고 볼 수밖에 없었다. 폭력을 휘두르려 한다는 것을 알면서도. 죽을지도 모른다는 것을 알면서도 그렇게 실실대며 아무것도 하지 않을 수 있다니, 이상하다.

이상했지만 묘하게 매력적인 남자였다.

"자아, 크롤리 군. 이제 어쩔래? 나랑 같이 사건을 해결하는 놀이에 어울려 줄래?"

그러던 참에 조제가 쫓아왔다.

"크롤리 님! 아아, 다행입니다. 아직 여기 계셨군요."

크롤리는 고개를 돌려 조제에게 물었다.

"조사는 어떻게 되고 있지?"

그러자 조제가 대답했다.

"아, 시체를 가지고 가겠다고 합니다."

하지만 그 시체에서는 아무런 증거도 나오지 않을 것이다.

"그리고 다음 사건이 일어날 것에 대비해 그 근방을 순회하겠다고 하셨습니다."

그래서는 그 범인을 잡지 못할 것이다. 이 범인은 신경질적이고 꼼꼼하다고 페리드가 말했다. 그렇다면 공을 들여 조사할 생각이 없는 템플 기사단에게 붙잡히지는 않을 것이다.

귀족이라도 살해당하지 않는 한, 아니면 거액의 기부금이라도 쥐어주며 부탁하지 않는 한, 매춘부가 살해당한 정도로는 움직이지 않을 것이다.

다시 말해 자신들이 움직이지 않으면 이 범인은 잡히지 않을 것이라는 뜻이다.

크롤리는 손에 든, 피묻은 바늘을 바라보며 물었다.

"페리드 군."

"응?"

"정말로 알 만한 조금사를 알아?"

그러자 페리드는 씩 웃었다.

"알아."

"지금 당장 안내해 줄래?"

"안 돼. 피곤하니까~ 그러니까 오늘은 내가 여는 만찬회에 와서 원기를 보충하고, 내일 계속하자."

어떻게든 만찬회에 초대하고 싶은 모양이었다.

하지만,

"그 만찬회 초대를 거절하면?"

그러자 페리드는,

"어차피 너는 거절 안 할 거야."

꼭 다 안다는 표정으로 그렇게 말하더니 품안에서 자그마한 종이를 꺼내 그것을 조제에게 건넸다.

"에, 이건…?"

"내가 지금 머물고 있는 저택 주소. 너도 와도 돼. 조제 군. 만찬회는 사람이 많을수록 흥겨운 법이니까."

그렇게 말하더니 떠나가 버렸다.

그 뒷모습은 묘하게 즐거워 보였고 발걸음 역시 가벼워 보였다.

조제가 그 뒷모습을 보며 말했다.

"뭡니까, 저건?"

"귀족이라더군."

"헤에. 귀족과 인연을 맺는 건 좋은 일이죠. 입은 옷도 엄청 고급스럽던데."

확실히 요사스럽다 싶을 정도로 곱상한 남자였다.

용모와 행동거지, 말투에 이르기까지.

마치 사람을 타락시키는 악마처럼 아름다운 남자였다—.

그리고 지금 돌이켜 보니 그런 그에게 매력을 느끼고 만 것이 모든 일의 시작이었던 것 같았다.

돈이 남아돌면 사람은 살짝 맛이 가는 걸지도 모르겠군. 페리드의 저택으로 초대를 받은 크롤리는 그렇게 생각했다.

페리드 바토리의 저택은 시가지에서 다소 거리가 떨어진, 호

젓한 곳에 있었다.

저택 문 앞에서 이름을 대자 금세 문이 열렸다.

안으로 들어가자 십여 명의 소년소녀들이 죽 늘어서서 인사를 했다.

"환영합니다, 크롤리 님! 조제 님!"

그 소년소녀들이 입은 옷은 다소 색달랐다. 어떤 소재를 사용한 것인지 안이 비쳐 보이는 얇은 베일 같은 천을 둘렀을 뿐이라, 빛의 강도에 따라서는 그 속에 있는 나체가 희미하게 보일 지경이었다. 어떤 의미에서는 옷을 걸치지 않은 것보다도 외설스럽게 보였다.

그것을 본 조제가 얼굴을 새빨갛게 붉히며 놀랐다.

"와, 와, 대체, 뭡니까, 이게."

변태가 따로 없구먼. 크롤리는 생각했다. 이렇게까지 대놓고 변태인 것을 보니 살짝 웃음이 나올 것만 같았다.

크롤리는 그 소년소녀를 내려다보았다. 모두가 눈이 휘둥그레질 정도의 미남미녀였다.

소녀 중 한 명이 말했다.

"페리드 님께서 기다리십니다. 드시지요."

크롤리가 고개를 끄덕이고서 저택 안으로 들어가자 실실 웃고 있는 페리드의 모습이 보였다.

"여, 크롤리 군. 조제 군. 역시 와 줬구나."

그 말에 크롤리는 고개를 끄덕이며 페리드의 앞으로 다가갔다. 그러자 소년소녀들도 우르르 따라왔다.

그것을 본 크롤리는 페리드에게 물었다.

"이 옷은 뭐야?"

"예쁘지? 너도 입고 싶어?"

"바보 같은 소리 마."

"그만큼 단련을 했으니 어울릴 것 같은데에."

다소 아쉽다는 투로 말하는 페리드에게 크롤리가 물었다.

"그래서 이 애들은 뭔데? 네 취미야?"

그러자 페리드는 어깨를 으쓱하며,

"아니아니, 크롤리 군이 좋아할 것 같아서."

"실패야."

"말도 안 돼. 좋아할 줄 알았는데에. 하지만 뭐어, 어린애부터 어른까지 골고루 있어. 자 보고 싶은 애가 있으면 말해."

"사양하겠어."

"어째서?"

"네가 손댄 것을 빌렸다가는 나중에 뒤탈이 많을 것 같아서."

"하하하, 뭐, 나는 몸에는 손을 안 대는데 말이지이."

그런 소리를 했다.

하지만 그 말의 의미는 알 수가 없었다. 몸에는 손을 안 댔다. 그게 대체 무슨 뜻일까?

돈 많은 변태가 하는 짓은 이해할 수 없는 것투성이였다.

옆을 보니 조제가 눈을 어디 둬야 할지 모르겠는지 고개를 숙인 채 걷고 있었다. 그는 아직 젊었다. 그런 경험이 적은 것일지도 모른다.

페리드가 그런 조제의 모습을 그것 보라는 듯 싱글벙글 웃으며 내려다보고 있었다. 크롤리는 정말로 묘한 곳에 오고 말았다는 생각이 들어 한숨을 내쉬었다.

그러고서 물었다.

"페리드 군, 너 말이야. 귀여운 애가 이렇게나 많은데 그런 변두리 골목에는 왜 온 거야."

"응~? 이야~ 한 번 손에 넣은 것에는 관심이 없어져 버리거드은."

"질 나쁜 남자로군."

"하지만 사귀어 보면 재미있을 것 같다고 생각했지? 안 그랬으면 너는 이곳에 오지 않았을 거야."

정곡을 찔렸다. 하지만 그 말에 크롤리는 쓴웃음을 지으며 말했다.

"적어도 너를 섬기는 기사만은 되고 싶지 않아."

"의외로 좋은 주군일지도 몰라."

"그럴 리가 있나."

"아니아니, 해 봐야 알지."

"말도 안 되는 소리."

그런 소리를 주고받다 보니 어느새 식당에 도착했다.

넓은 실내는 고요했다. 방 안에는 몹시 좋은 향기가 감돌고 있었다. 은은하게 향을 피워둔 것이다. 그리고 크롤리는 그 냄새를 알았다. 뇌를 마비시켜 환상을 보게 하는 부류의 것이다. 뭐어, 이 정도의 양이라면 대단한 효과는 없을 테지만.

방 중앙에는 긴 테이블이 놓여 있고 그 위에 예쁜 식기와 다 먹어치우지 못할 정도로 많은 양의 식사가 차려져 있었다.

거기에 은으로 된 나이프와 스푼이 두 짝 준비되어 있었다. 그것만으로도 페리드가 얼마나 많은 자산을 지녔는지 알 수 있었다.

나이프는 보통 식탁 위에 오르지 않는다. 하물며 값비싼 금속일 터인 은으로 된 나이프 같은 것은 크롤리도 본 적이 없었다.

페리드는 나이프와 스푼이 준비되지 않은 자리에 앉았다. 다시 말해 그는 식사를 하지 않겠다는 뜻이었다.

크롤리는 물었다.

"너는 안 먹고?"

그러자 페리드는 미소 지으며,

"나는 소식가라서 말이지."

"독이라도 넣은 거 아냐?"

"뭐 하려고?"

"나한테 저 이상한 옷을 입히려고?"

크롤리가 그렇게 말하자 페리드는 히죽히죽 웃었다.

"어이쿠, 이거 실수했네. 듣고 보니 독을 넣어둘 걸 그랬어."

크롤리는 자리 중 하나에 앉았다. 조제도 그 맞은편 자리에 앉았다.

준비된 요리를 내려다보았다. 고기가 많았다. 일반적으로 템플 기사단에게는 육식이 금지되어 있었다. 먹어도 되는 것은 정해진 세 개의 요일뿐이었다. 오늘은 무슨 요일이었더라.

크롤리는 이제 템플 기사들의 엄격한 계율을 그다지 똑바로 지키지는 않으니 상관없었지만 상급 기사들보다 훨씬 엄격한 규제가 걸려 있는 젊은 조제 같은 종기사의 경우, 이토록 호화로운 식사가 눈앞에 차려지면 머리가 폭발해 버릴지도 모른다.

여자와 고기와 술.

하물며 이성을 무너뜨리는 향까지 피워뒀다.

크롤리는 조제를 보았다. 조제는 눈앞에 놓인 고기를 응시하고 있었다.

페리드가 그것을 보고 말했다.

"맛있는 식사를 눈앞에 두고 참으면 못 써. 오늘의 만남에 건배하고 나서 바로 들도록 하자."

시중을 드는 소녀가 페리드 앞에 도기로 된 잔을 내려놓았다. 안에는 붉은 액체가 넘칠 듯이 담겨 있었다.

그것이 어째서인지 크롤리에게는 피처럼 보였다.

순간, 그 골목에서 죽은 여덟 여자의 시체가 떠올랐다.

피를 뽑아낸 시체. 하지만 피를 뽑아 대체 무엇에 쓰려는 것일까?

피를 마시는 괴물.

인간의 피를 마시는 괴물.

"……."

그 단어에서 연상된 것은 역시나 그 전장의 광경이었다. 매일 꾸는 악몽이었다.

그 악몽에는, 늘 환상이라고 볼 수밖에 없는 기묘한 괴물이 나타났다. 그것은 그 전장으로는 이제 두 번 다시 가고 싶지 않다는 자신의 약한 마음이 보게 한 괴물이었을까. 악몽을 너무 꿔서 이젠 스스로도 알 수가 없었다.

하지만 그 괴물은, 매일 꾸는 전쟁의 꿈 마지막 장면에 꼭 나타났다.

아름답고 갈색 피부를 지닌 흡혈귀의 모습이.

그 흡혈귀는 동료들을 간단하게 죽이고 그 목을 깨물어 피를 빨아냈다.

크롤리는 피 같은 액체가 담긴 잔을 집어든 페리드에게 물었다.

"그 잔에 든 건, 뭐야?"

그러자 페리드가 대답했다.

"이거? 이건 와인이야."

"그런 것치고는 지나치게 빨간 것 같은데."

그러던 참에 소녀가 크롤리와 조제의 앞에도 도기로 된 잔을 내려놓았다. 안에는 같은 색을 띤 액체가 들어있었다.

냄새는 분명 알코올의 그것이었다. 와인의 냄새. 하지만 묘하게 붉어보였다.

그러자 페리드가,

"와인에, 오늘 요리에 쓴 고기에서 배어난 피를 몇 방울 떨궈봤어. 어때? 분위기 나지? 좌우간 우리는 앞으로 피를 빠는 괴물을 퇴치할 거잖아."

그렇게 말하며 웃었다.

아무래도 그렇게 된 것인 모양이었다.

페리드가 씩 웃으며,

"그러면, 만찬회를 시작해 볼까. 오늘의 만남과 사건 해결."

잔을 들었다. 조제도 이쪽의 눈치를 살피며 들었다.

크롤리가 한 번 더 잔 안에 든 액체를 내려다보다 잔을 든 손을 들자, 페리드가 말했다.

"그리고 새로운 우정을 위하여."

그리고 잔을 입에 댔다.

크롤리도 그 액체를 입에 머금었다. 몇 방울만 떨궜다는 이야기는 사실인 모양인지 피맛은 나지 않았다. 마셔본 적이 없는, 질 좋은 술맛이 났다.

그렇게 식사는 시작되었다. 대화의 내용은 하잘것없는 것들뿐이었다. 페리드가 각지를 방랑하며 경험했다는, 사실인지 어쩐지 의심되는 이야기들. 하지만 그건 그것대로 재미있어서 의외로 즐거운 식사시간이 되었다.

특히 조제는 엄청난 속도로 먹고 마셔 대서 몸이 상하지는 않을까 걱정이 될 정도였다. 술을 너무 마셔 눈이 게게 풀린 조제를 크롤리가 타일렀다.

"조제, 이제 그쯤 해둬."

"아, 아, 아뇨, 저는 아직, 괜찮습니다."

그러자 페리드가 말했다.
"그러면 한 잔 더 할까?"
"페리드 군."
그 말을 들은 페리드는 웃으며 말을 이었다.
"조제 군이 입을 저 투명한 옷도 준비해뒀거든. 고주망태로 만들어 버려야지."
어처구니가 없는 남자였다. 크롤리는 웃으며,
"조제, 창피 당하기 싫으면 그쯤 해둬."
"괜찬타이까요."
이미 혀가 꼬이고 있음에도 잔에 따른 술을 마셨다. 그러더니 어째서인지 이쪽을 노려보았다.
"크롤리 님이야말로, 전혀 안 마셨잖습니까~ 늘 냉정하게 굴고, 치사해요. 도망치지 마십시오."
또 도망치지 말라는 소리다.
"조제."
"당신은, 만날 그래. 다들 당신을 기다리는데, 대체 뭐 하는 겁니까."
"조제. 그만해."
하지만 조제는 자리에서 일어나 크롤리를 바라보며 말했다.
"당신은 십자군의, 템플 기사들의 영웅이십니다! 기사들 모두의 동경의 대상이라고요. 그런데… 그런데, 언제까지 도시 변두리에서 검술 지도나 하고 계실 셈입니까?! 크롤리 님은 끝났다고 하는 기사분들도 있어서, 저는 너무너무, 분해서."

울음까지 터뜨리는 것을 보니 슬슬 돌아갈 시간이 된 것 같았다.

크롤리가 페리드 쪽으로 고개를 돌리자,

"아니, 아직 안 보낼 거야, 크롤리 군. 그의 침소도 이미 준비시켜뒀거든."

"하지만."

"너는 아직 안 취했잖아. 손님을 만족시키지 않은 채 돌려보낼 수야 없지이."

그러던 중에 조제가 말했다.

"듣고 계십니까, 크롤리 님! 페리드 님도 뭐라고 좀 해 주십시오. 이분은 일찍이 그 십자군 원정에서 수만 명이나 되는 이교도들을 상대로—."

그 말을 들은 페리드가 자리에서 일어나 입을 열었다.

"자자, 너는 지나치게 취한 것 같은데. 좀 쉴까?"

"저는 아딕 갠찬스니다!"

"에라. 그를 침소로 데려다줘."

페리드가 말했다. 그러자 근처에 있던 이들 중 가장 화사하

게 생긴 미소녀가 “네.”하고 대답을 했다. 그녀는 그대로 조제의 등에 살며시 손을 대더니,

“기사님. 이쪽으로 오시지요.”

그렇게 말했다.

그러자 조제는,

“아, 아, 저기.”

하고 티가 나도록 허둥댔다.

뭐어, 이 정도의 미소녀는 확실히 보기 드무니 심정은 이해가 갔다.

페리드가 히죽히죽 웃으며 이쪽을 쳐다보더니 말했다.

“종기사 군, 에라가 마음에 들어?”

“에, 아, 아니 그게….”

“너만 괜찮다면, 오늘밤에 그 아이랑 자도 좋아.”

“정말이십니까?!”

템플 기사단의 금욕, 정결의 맹세는 대체 어디로 가 버린 것인지.

조제도 퍼뜩 정신을 차리고는,

“아, 죄, 죄송합니다, 크롤리 님. 너무 들떴던 것 같습니다.”

그렇게 말하며 이쪽을 쳐다보는 것을, 시끄러우니 어서 가라고 손짓을 하자 조제는 눈이 휘둥그레져서 에라라는 이름의 미

소녀를 따라 냉큼 큰 방을 뒤로 했다.

크롤리는 쓴웃음을 지은 채 그 모습을 보고는 말했다.

"고기, 술, 여자. 정말이지 너는 악마 같은 남자구나."

페리드는 빙긋 웃었다.

"타락하는 인간이 잘못이지~"

마치 악마 역할을 맡은 배우처럼 호들갑스럽게 몸짓을 취하며 말했다.

크롤리는 그것을 보고 웃었다.

페리드는 식사 중 정말로 한 입도 음식을 입에 대지 않았다. 계속 와인만 마셨다. 어쩌면 음식을 먹지 못하는 병 같은 것에 걸린 것일지도 모른다.

시종이 크롤리 앞에 놓인 잔에 다시 술을 채웠다. 이게 대체 몇 잔째인지 모르겠다.

페리드가 말했다.

"세네. 사실 조제 군보다 많이 마셨는데. 전혀 안 취하는 거야?"

"취했어."

"그럼 더 취해. 그리고 너에 대해 더 많이 가르쳐 줬으면 해."

"놀기 좋아하는 귀족님을 즐겁게 할 만한 이야깃거리는 없는데."

"과연 그럴까~? 예를 들자면 아까 조제 군이 말했던 십자군 원정 때 있었던 일 같은 걸 들어보고 싶은데."

"……."

"말하기 싫다는 소리할 생각 마. 내 방랑기는 실컷 즐겼잖아? 이번에는 네 차례야. 크롤리 유스포드의 영웅담을 들려줘."

크롤리는 그 말에 얼굴을 찌푸리며 입을 열었다.

"그 전쟁에 영웅은 없었어."

"그럼 뭐가 있었는데?"

"아무것도. 그저, 졌을 뿐이야."

"그럼 그 패배에 관해 있는 그대로 말해줘. 아님 뭐야. 안주 삼을 이야깃거리도 없이 저녁이나 얻어먹으러 온 거야? 뻔뻔하기도 하네에."

그것은 확실히 맞는 말일지도 모른다. 이 와인만 해도 상당히 가격이 나갈 테니. 잔 안에서 출렁이는 와인을 보며 크롤리는 혼잣말을 하듯 말했다.

"…전쟁 이야기 같은 거 들어봐야, 재미없을걸. 거의 잊어버리기도 했고."

거짓말이었다.

매일 같이 꿈을 꿨다.

지독한 악몽을.

그리고 페리드는 마치 그것을 꿰뚫어보기라도 한 듯한 말투로 말했다.

"사람을 마구 죽여댄 기억이 그렇게 간단히 잊히려나아."

"……."

"실은 너도 이야기하고 싶을 거야. 하지만 지금까지 이야기할 상대가 없었던 거지. 다들 영웅이니 뭐니 추어올리며 네게 그걸 연기할 것을 요구해 왔을 테니까."

"……."

"안 그래도 그 전쟁은 시작하기 전부터 실패였어. 그건 모두가 아는 사실이야. 십자군은 체면을 지켜야만 했고, 그래서 대활약을 펼친 영웅이 필요했던 거야. 그 역할을 강요하자 너는 도망쳤어. 하지만 나는 기사가 아냐. 그냥 도락에 빠져 사는 귀족이지. 그것도 싫다면…."

페리드는 이쪽으로 손을 내밀며 말했다.

"나는 네 새 친구야. 그러니 마음 편하게, 아무렇게나 말해 봐. 부도덕한 이야기도 대환영이야. 뭔데? 동료를 내버려두고 도망쳤어? 아니면 동료를 죽이기라도 했어? 한심한 이야기든 뭐든 좋아. 마음대로 말해 봐. 나는 그 모든 걸 재미있게 들어줄게. 그러니 어서 말해 봐."

그 말을 들은 자신이 어째서인지 입을 열려 하고 있음을 크롤리는 알아챘다.

애초에 그 전장에서 돌아온 이후, 누군가와 이 이야기를 하는 것은 처음이었다. 그런데 어째서, 이렇게 처음 보는 남자에게 자신의 내면에 자리한 이야기를 하려는 것일까. 그것이 너무도 신기했다.

술 때문일까.

향 때문일까.

아니면, 이 괴짜 귀족의 요상한 매력 때문일까.

페리드가 말했다.

"자아, 너만의 영웅담을 들려줘. 그 전장에서 대체 너는 무엇을 봤어…?"

그 물음에 크롤리는 입을 열었다.

매일 꾸는 악몽 속에서 펼쳐지는 광경에 관한.

믿었던 신을 잃고 진짜 악마를 만나고만, 그 전장에 관한 이야기를 하기 위해.

Seraph of the end

Story of
vampire Michaela

제3장 신을 잃은 십자군

1217년.

십자군 출정 전.

"이봐, 너희들, 똑똑히 들어라! 이 전쟁에서 우리 템플 기사단은 거대한 힘을 보여줄 거다! 적과 다른 기사단에게 뜨거운 맛을 보여줘라! 신께 선택받은 자가 대체 누구인지 보여줘!"

동료 기사가 그렇게 외쳤다.

그러자 다른 동료들이 잔을 들며 고함을 쳤다.

전쟁에 나서기 직전의 십자군 참가 기사들에게는 평소보다 호화로운 식사가 허락되는지라 그들은 커다란 식당에 모여 있었다.

고기와 술, 거기에 여자까지 준비되어 있어— 그 날, 동료들은 마시고 즐기느라 바빴다.

신의 이름 아래 성전에 나서리라.

이교도놈들을 죽이고 성지를 되찾으리라.

이는 정의로운 싸움이다.

눈부신 승리의 길이 이어지리라고 모두가 믿어 의심치 않았다.

그 식당 구석에서 크롤리는 조용히 술을 마시고 있었다.

그러던 중에 누군가가 말을 걸어왔다.

"이봐, 크롤리. 왜 그런 구석에 있는 거냐? 이리 와서 같이 즐기자고."

그쪽으로 고개를 돌려보니 자신과 같은 상급 기사인 빅터가 있었다. 금발머리에 녹색 눈동자. 크롤리와 거의 같은 무렵에 템플 기사단에 들어와 함께 훈련을 받은 사이였다.

빅터는 술을 단숨에 쭉 들이켜고서는 잔을 바닥에 내던지더니 곧장 새로운 잔을 집어 들었다.

"저쪽에 예쁜 여자들도 잔뜩 있다고."

"여자라니, 정결의 맹세는 어쩌고?"

"고리타분한 소리 말고. 그런 건 내일부터 지키면 되잖아? 아닌 게 아니라 전장에 가면 여자는 찾아볼 수가 없을 거라고. 지금 즐겨두지 않으면 분명 후회할걸."

"그런 소릴 하는 것치곤, 너는 평소에도 여자와 놀고 있잖아."

"어떻게 알았냐."

"요전에 귀족 여자애가 너한테 버림받았다고 울던데."

"어떤 애였는데?"

"나 원."

"그, 뭣이냐. 눈치 안 보고 여자를 더듬을 수 있는 기회는 드무니 일단 즐기자고. 이봐들~ 크롤리가 간다~"

그러자 동료 기사들이 와~ 하고 환호성을 질렀다.

나아가 식당에 와 있던 화사한 옷을 입은 소녀들이 꺄악꺄악 새된 비명을 질러댔다.

그것을 본 빅터가 뚱한 눈으로 이쪽을 보며 말했다.

"넌 여전히 인기 만점이구나. 이 중에 몇 명이랑 자 봤냐?"

"아무하고도 안 잤어. 템플 기사는 정절을 지켜야지."

"하, 거짓말은. 여자들이 죄다 널 보고 넋이 나갔더만."

"그러는 너는 몇 명이랑 잤는데?"

"넷."

"잠깐."

"하하하."

빅터는 천진하게 웃었다. 그는 남자에게도 여자에게도 인기가 있는 남자였다. 늘 다소 세련된 차림새를 하고 있는 데다 로렌 가문이라는 상당히 고귀한 집안 출신이기도 했다.

하지만 그가 인기를 끄는 이유는 그런 집안 내력 때문만은 아니었다. 아무하고나 밝게, 즐겁게 어울리는 성격 때문이었다.

그와 함께 템플 기사단에 들어온 덕에 엄격한 기사 훈련을 힘들다고 느낀 적은 없었다. 늘 빅터가 재미있을 것 같은 일을 찾아와서는 동료들을 끌어들인 덕에 매일 같이 웃으며 지낼 수 있었기 때문이다.

그리고 그 날도 그랬다. 죽을지도 모르는 전쟁터로 향하는 것임에도 좌우간 즐겁게 먹고 마실 수 있었다.

빅터가 말했다.

"이봐들, 좀 들어봐! 오늘 우리의 소중한 동료인 유스포드 가문의 크롤리가, 신께 바쳤던 동정을 버린단다아아아아아아아!"

"허어?"

크롤리가 어이가 없다는 표정으로 빅터를 쳐다보고는 항변하려 했으나 이미 늦은 듯했다.

동료 기사들이 와아아아, 하고 떠들어댔다.

"야, 정말이냐, 크롤리!"

"너 동정이었냐!"

"아직도 엄마 젖이나 먹고 있는 건 아니겠지?"

저마다 떠들어대는 가운데 빅터가 말했다.

"자아, 크롤리의 처음을 빼앗을 여자는 누구냐! 선착순이다~!"

그러자,

"나!"

"내가 크롤리 님을 좋게 해드릴 거야!"

여자들이 소리를 쳤고, 그 중 한 명은 얼굴이 새빨개져서는,

"자, 자, 잠깐 있어 봐! 동정이라니 무슨 소리야! 나, 나, 전에 크롤리 님과…."

그렇게 말하려던 여자의 입술을 빅터가 빼앗았다.

"아."

여자가 입을 다물었다.

빅터가 여자에게 말했다.

"좋아, 그럼 오늘밤은 나랑 보내지. 괜찮지?"

여자가 그 말에 고개를 끄덕였다.

"그러면 구석에서 마시고 있어. 이따 데리러 갈 테니까."

빅터는 그렇게 말하고는 몸을 돌려 히죽히죽 웃으며 이쪽에게 말했다.

"그래서, 누가 아무하고도 안 잤다고?"

"음~"

"정결 같은 소리 하네, 이 뻔뻔한 자식. 제일 예쁜 애잖아."

그렇게 따지자 크롤리는 어깨를 으쓱하기만 할뿐 대답하지 않았다.

그러자 빅터는 잔을 들며,

“어쨌든, 이 성전에 건배하자———!”

…라고 말했다.

그러자 또 동료들이 환호성을 쳤다.

크롤리도 그에 맞춰 웃으며 잔을 들었다.

또다시 부어라 마셔라 난리법석이 벌어졌다.

크롤리는 그 중심에서 다소 떨어진 곳에서 다시금 조용히 술을 마시기 시작했다.

옆에서 술을 마시던 남자가 말했다.

“나 원, 빅터랑 크롤리 넌 아주 끝장나게 낙천적이구나.”

동료 기사인 구스타보였다. 곱슬기가 있는 갈색 머리에 회색 눈동자. 키가 작아 체격은 그저 그랬지만 그의 검은 매우 빨랐다.

“구스타보 선배는 여자 안 고르십니까?”

“여기서 정결의 맹세를 깼다가 전장에서 죽기는 싫다. 좌우간.”

“신은 모든 것을 보고 계시니까요?”

그러자 구스타보는 왁자지껄 떠들어대는 동료들을 바라보며 얼마간 입을 다물더니,

“…글쎄다. 지켜봐주시면 좋겠다만. 아아, 하느님, 오늘 이런 날에도 성실하게 군 저는 구원해 주소서. 그리고 만날 부조

리할 정도로 인기 있는 빅터랑 크롤리가 먼저 당하게 해 주소서."

우스갯소리를 하듯 말했다.

크롤리는 그 말을 듣고 웃었다.

"구스타보 선배라면 괜찮을 걸요. 당신은 강합니다. 저는 한 번도 훈련에서 선배에게 이겨본 적이 없죠."

"뭐어? 너 만날 봐주고 있었잖냐."

"에."

"네가 괴물처럼 강하다는 건 다들 안다고. 대장도 네게는 특출한 재능이 있다는 말을 달고 다녔고."

금시초문이었다.

"그랬습니까? 대장은 저를 칭찬해 준 적이 한 번도 없는데."

"안 보이는 데선 늘 칭찬했어. 뭐어, 그 사실을 너한테 말한 게 들통 나는 날에는 대장 손에 죽겠지만서도. 뭐, 그건 둘째 치고 앞으로 훈련에서는…."

"봐주지 말라고요?"

크롤리가 묻자 구스타보는 웃으며,

"아니, 다른 선배들은 몽땅 해치워도 좋으니 나는 계속 봐달라고. 기분 좋으니까."

그런 소리를 했다.

크롤리는 웃었다.

그러던 중에 식당 입구에서 누군가가 소리쳤다.

"대, 대장님이! 알프레드 대장님이 오십니다!"

순간, 식당 안이 침묵에 잠겼다. 기사들 모두가 직립부동 자세로 한 마디도 하지 않게 되었다.

식당 문이 열렸다. 30대 중반 정도의, 칼에 입은 상처 탓에 오른쪽 눈이 감겨 있는 남자가 들어왔다. 온전한 왼쪽 눈의 눈빛이 매우 날카로웠다. 그는 그 눈으로 직립부동 자세를 취한 기사들을 죽 훑어보며 말했다.

"이봐들, 내가 안을 여자는 남았나?"

아마, 분명, 그것은 알프레드 대장 나름의 농담이었을 테지만 그것이 농담이 아니라면 반죽음을 당하는 것으로는 끝나지 않을 것이 분명한지라 아무도 대답하지 않았다.

긴장으로 가득한 5초 정도가 지나자 빅터가 답했다. 이럴 때 물꼬를 트는 것은 늘 그였다.

"당연히, 대장님을 위해 제일 미인을 준비해놨습니다!"

그러더니 아까 키스했던 여자의 손을 잡아끌었다.

"에, 에."

여자가 당혹감으로 가득한 소리를 내며 끌려오는 모습을 본 알프레드는,

"그래. 좋아. 그럼 오늘은 아주 쓰러질 때까지 즐겨봐라."

냉큼 허가를 내렸다.

그러자 또다시 동료들이 환호성을 지르며 술판을 벌였다.

알프레드는 흐뭇하게 그 모습을 바라보며 근처에 있던 술잔을 집어 들었다. 그러더니 크롤리가 있는 쪽으로 다가오려 했다.

옆에 있던 구스타보가,

"아, 이런. 야, 크롤리."

"네."

"내가 너한테 대장이 칭찬했다고 얘기했다는 거…."

"말 안 합니다."

"좋아, 그럼 나도 여자나 고르고 올까."

"에~"

크롤리가 쓴웃음을 짓자 구스타보는 씩 웃으며 술판의 중심으로 이동했다.

교대라도 하듯 대장이 옆에 섰다.

"즐기고 있냐, 크롤리?"

"덕분에요."

"오늘 실컷 즐겨둬라. 전장에서는 이럴 기회가 없을 테니."

"압니다."

"그리고 한 가지만 더 말하지."

"말씀하십시오."

"오늘 낮에 있었던 훈련에서 봤던 네 검술, 그건 뭐였냐? 그렇게 움직이다가는 전장에서 제일 먼저 죽는다."

그렇게 설교가 시작되고 말았다. 대장이 자신을 칭찬했다는 말이 과연 사실일까.

"죄송합니다."

"정신 바짝 차려라. 이 전쟁에서 나는 동료를 한 사람도 죽게 하고 싶지 않다."

"네."

"그러니 네가 그 누구보다 많은 적을 죽여 동료들을 지켜라."

"네. 압니다."

크롤리가 고개를 끄덕이자 알프레드는 미소를 지으며 그의 어깨를 턱, 하고 두드렸다. 그러고는 다른 기사에게로 갔다.

아무래도 대장은 한 사람 한 사람에게 말을 붙이고 다닐 생각인 듯했다.

크롤리는 그런 대장의 뒷모습을 바라보았다. 그는 이 기사단에 들어오고 나서 계속 알프레드 대장을 동경해 왔다.

그는 부하들의 존경을 한 몸에 받았고, 그 존경심에 능히 답할 수 있는 그릇이었다.

애초에 검을 기초부터 가르쳐 준 것도 대장이었다. 기사로서의 마음가짐부터 인생을 살아가는 방법에 이르기까지 모든 것을 그에게 배웠다.

그리고 지금, 새로운 명령을 받았다.

"…그 누구보다 많은 적을 죽여 동료들을 지켜라."

그는 무의식적으로 목에 건 묵주를 움켜쥐었다.

아직 미숙한 자신이 할 수 있을까.

누군가가 또 옆으로 다가왔다. 그쪽으로 시선을 돌려보니 자신보다 한 살 어린 후배 기사가 있었다.

지르베르 샤르트르였다.

그도 대장이 주목하고 있는 매우 우수한 기사였다.

근면하고 노력가인 데다 강한 신앙심을 지닌 남자였다. 훈련이 끝난 뒤에도 크롤리에게 몇 번이나 대련을 청하는 등, 단련을 게을리 하지 않았다. 아마도 색에 빠져 지내는 빅터보다도 강할 터다.

다시 말해 템플 기사들 중에서도 상당한 실력자라 할 수 있었다.

빅터는 저래봬도 강하고 재능도 많았다. 아닌 게 아니라 그의 검에는, 만약 제대로 노력만 했다면 자신도 이길 수 없을지도 모른다 싶을 정도의 광채가 숨어 있어 늘 아깝다고 생각해 왔는데….

어쨌든 지금은 검이 아니라 양쪽에 여자를 끼고 있는 동기이자 동료를 쳐다보며 크롤리는 쓴웃음을 지었다.

그러자 옆에서 지르베르가 말을 붙여왔다.

"대장님과 무슨 말씀 나누셨습니까, 크롤리 님?"

이런 술판에서도 지르베르의 말투는 딱딱하기만 했다.

그 지르베르를 보며 크롤리는 대답했다.

"더 노력하라더라."

"너무 요약하신 거 아닙니까?"

"하하하."

크롤리는 웃음을 짓고는 술을 한 모금 더 마셨다.

지르베르도 지나치다 싶을 정도로 흥이 오른 빅터 일행을 조용히 바라보았다.

그러더니 나직한 목소리로 말했다.

"…이 전쟁, 이길 수 있을까요."

"글쎄."

"잠깐, 이럴 땐 당연히 이길 거라고 말해 주는 게 선배 기사의 역할 아닙니까?"

"그래?"

"그렇습니다. 좌우간 이건 성전입니다. 악마들에게 빼앗긴 토지를 되찾기 위한 성전."

"응."

"그러니 반드시 이길 겁니다."

"그래? 하지만 그렇게 굳게 믿고 있으면 일일이 묻지 말라고."

크롤리가 그렇게 말하며 옆을 쳐다보니 지르베르는 다소 마음이 약해진 듯한 표정을 짓고 있었다.

"뭐야. 무섭냐?"

"무섭지 않습니다!"

거짓말이다.

전쟁이 무섭지 않은 녀석은 없다. 그래서 오늘 술판은 이토록 흥이 오른 것이다. 눈앞으로 닥친 출진을 외면하려는 듯이. 공포를 외면하려는 듯이 술을 마시고, 고기를 먹고, 여자를 안는 것이다. 하지만 마음속에는 여전히 공포가 자리해 있다.

전쟁에 대한 공포.

동료를 잃을지 모른다는 공포.

죽음에 대한 공포.

크롤리는 지르베르에게서 시선을 떼어 다시금 필사적으로 공포에서 달아나 오늘밤을 즐기려 애를 쓰고 있는 동료들 쪽으로 눈을 돌렸다.

그러고는 말했다.

“구스타보 선배가 아까 말했는데.”

“네.”

“지금도 하느님은 보고 계실 거라더라. 평소 행실이 좋은 녀석이 살아남을 거라나.”

“과연. 하지만 그러면 구스타보 선배와 빅터 선배는 죽겠군요.”

“하하하, 글쎄.”

구스타보가 그 작은 몸집을 살려 잽싸게 여자의 스커트 안에 머리를 처박은 참이었다.

확실히 저런 모습을 하느님이 보신다면 죽을지도 모르는 일이다.

하지만 평소의 구스타보는 매우 좋은 선배였다. 결코 으스대지 않고 동료들을 위해 행동하는 남자였다. 크롤리가 아직 신인이었을 때는 구스타보 덕에 몇 번이나 목숨을 건지고는 했다.

만약 평소의 행실이 생사에 영향을 미친다면 구스타보는 살아남을 것이라고 크롤리는 생각했다. 만약 그렇지 않다면 하느님은 대체 무엇을 보고 있는 것인지 의심이 싹틀 판이었다.

크롤리는 얼마간 빅터와 구스타보가 여자들을 상대로 싱글벙글 웃는 것을 쳐다보다 그 자리를 뜨기로 했다.

"어디 가십니까?"

지르베르가 물었다.

그 말에 대답했다.

"조금 취했어. 바깥 공기 좀 쐬고 올게."

그렇게 말하며 식당을 나섰다.

밖에서도 술판이 벌어지고 있었다. 평민 출신 기사들에게도 술과 고기가 허락되었다. 여자가 허락된 것은 상급 기사들뿐인 듯했다.

"크롤리 님!"

그를 섬기는 종기사 몇 명이 이쪽으로 다가오려 했으나 손으로 제지했다.

"안 와도 돼. 그대로 즐겨."

"감사합니다, 크롤리 님!"

아직 나이도 차지 않은 소년도 많았다. 대부분 열대여섯 살 정도 되는 소년들이다.

다들 이번 십자군에서 공을 세워 이름을 떨치려는 꿈을 꾸고 있었다. 출신이야 어찌되었건 다들 착한 아이들뿐이었다.

그들을 바라보며,

"동료들을 지켜라. 동료들을 지켜라, 이거지."

크롤리는 다시금 대장이 했던 명령을 몇 번인가 혼자서 중얼거려 보았다.

그러던 중에 등 뒤에 자리한 식당 문이 열렸다.

"우웩~ 울렁거려."

빅터가 술냄새 나는 숨을 내쉬며 가슴을 움켜쥔 채 식당에서 나왔다. 아무래도 그도 바깥 공기를 쐬러 나온 모양이었다.

그러자 그의 종기사들이 달려왔다.

"빅터 님!"

"괜찮으십니까, 빅터 님!"

그러자 빅터는 손을 들며 말했다.

"아아, 틀렸어. 안 괜찮아. 물 좀 가져와."

"네!"

종기사들이 달려나갔다.

크롤리는 웅크려 앉은 빅터를 지탱해 주며 말했다.

"토할래?"

"우으으… 응."

"못 말리겠네."

식당에서 조금 떨어진 곳으로 데려가 주었다. 빅터는 다시금 웅크려 앉더니 토하기 시작했다. 그 등을 쓰다듬어 주었다.

"우으, 죽겠네."

"술도 약하면서 무리하니까 그러지."

"분위기가 저래놔서 말야."

"딱히 네가 흥을 돋울 필요는 없잖아."

"아니아니, 내가 안 하면, 누가… 우웨에에엑."

또다시 위장 안에 들었던 것을 토해냈다.

종기사들이 가지고 온 물을 받아들고는 술판을 계속 벌이라고 전했다. 그들은 그래도 궁지에 처한 주인 곁에 있고 싶다고 했지만 술을 너무 마셔 토하고 있는 한심한 모습을 종기사들에게 계속 보일 수도 없는 노릇인지라 술판으로 돌아가게 했다.

옆에서 엑엑 신음소리를 흘리던 빅터가 말했다.

"…크롤리."

"응~?"

"물 줘."

"여기, 마셔."

물을 건넸다. 빅터는 헉헉거리며 물을 마셨다.

그 덕에 조금은 진정이 된 모양이었다.

"하아, 좋아. 괜찮아지기 시작했다."

크롤리는 토사물을 피해 다소 떨어진 곳으로 빅터를 끌고 가서 앉혔다.

그 옆에 크롤리 본인도 앉았다.

“나 원 참.”

“아아, 죽는 줄 알았네~”

“그렇겠지.”

“덕분에 살았어, 크롤리. 이번만큼은 네가 내 생명의 은인이다.”

“호들갑은. 게다가 넌 만날 토하잖아. 그때마다 돌봐준 것 같은데.”

“그러면, 그거로구먼. 이번에도 네가 내 생명의 은인이다.”

“그래그래.”

식당 안팎에서 술판이 계속되고 있었다. 이곳저곳에서 웃음소리가 들려왔다. 다들 도무지 며칠 뒤면 전쟁터로 떠날 사람들로는 보이지 않을 정도로 즐거운 모습이었다.

그 모습을 멍하니 쳐다보고 있자니 빅터가 후우, 하고 고개를 들어 크롤리와 마찬가지로 종기사들의 술판을 쳐다보며 입을 열었다.

“흥겹기도 하구먼.”

“식당으로 돌아갈래?”

“무리.”

“하지만 안 돌아가면 예쁜 여자들 다 빼앗길 텐데. 눈치 안 보고 여자를 더듬을 수 있는 기회는 흔치 않다며?”

그렇게 말하자 빅터는 얼굴을 찌푸리며 말했다.

“아아~ 그렇긴 한데, 아마, 안 될 거야. 너무 마셔서 안 설걸.”

“하하하.”

크롤리는 그 말을 듣고 웃었다. 빅터와 함께 있으면 정말로 이야깃감이 끊이질 않았다. 그래서 다들 그와 함께 있고 싶어 하는 것이리라.

그 빅터가 옆에서 두 번, 세 번 심호흡을 하더니 다소 진지한 표정으로 말했다.

“이봐, 크롤리.”

“응?”

“너는 이번 십자군을 어떻게 생각하냐?”

“어떻게 생각하냐니?”

“이국의 이교도들이 있는 곳으로 쳐들어가서 전쟁을 하는 거잖아.”

“응.”

“안 무섭냐?”

그 물음에 크롤리는 솔직하게 대답했다.

“무섭지. 빅터는?”

“오줌 지릴 것 같아.”

진지한 표정으로 그런 소리를 하는 통에 크롤리는 또다시 웃음을 터뜨리고 말았다.

"서지는 않으면서?"

"그거랑은 상관없잖아~"

"하하하."

웃으며 크롤리는 말했다.

"이기고 돌아오면 돼."

"뭐어, 그건 그렇지만 말야~ 하지만, 나는 살아남을 수 있을까?"

"…글쎄. 뭐, 하지만 전장에서 죽은 템플 기사는 천국에 갈 수 있다고 들었어."

그러자 빅터는 하늘을 올려다보며 말했다.

"이야~ 천국에 예쁜 여자가 있으면 좋겠는데 말이지이."

"하하."

빅터가 올려다보는 그 하늘을, 크롤리도 올려다보았다. 별은 그다지 보이지 않았다. 내일은 비가 올지도 모른다.

"이봐, 크롤리."

"응~?"

"내가 위험해 처하면 구해 주기다."

"그래, 좋아. 아까 대장도 그런 명령을 했거든."

"뭐라고?"

"적을 죽여라. 동료들을 지켜라, 라고."

"이해하기 쉬운 명령이네."

빅터는 웃었다. 그러던 참에 식당에서 당사자인 알프레드 대장이 나왔다. 그는 토사물 옆에 나란히 앉아 있는 크롤리와 빅터를 내려다보았다.

크롤리는 허둥지둥 일어나려 했으나 대장은 그것을 제지했다.

"됐다. 앉아 있어."

"네."

"그리고, 빅터."

"아, 네."

빅터가 창백한 얼굴로 대장을 올려다보았다.

아마도 대장은 식당에 있는 상급 기사들에게는 모두 한 마디씩 전한 것이리라. 분명 빅터에게 내리는 명령이 마지막일 것이다.

"왜 그러십니까?"

빅터가 묻자 대장은 말했다.

"곧 전장에 간다."

"네."

"그런데 꼴이 그게 뭐냐."

"죄송합니다."

"네 장점은 유쾌한 성격이다. 네가 있으면 사기가 올라가지. 바보같이 창백하게 질려 있지 말고 전장에서는 밝게 행동해서 동료들을 고무시켜라. 알겠냐."

그것은 명백한 칭찬이었다. 검술 훈련은 틈만 나면 땡땡이치는 빅터의 장점과 가치를 대장은 제대로 헤아리고 있었다.

빅터는 그 말을 듣고 다소 감동한 듯한 표정으로 일어서서는,

"제, 제가 도움이 된다면…."

하지만 기세등등하게 말할 수 있는 것은 거기까지였다. 그대로 눈앞에 대고 위장 안에 든 것을 우웨에엑, 하고 토해내고 만 것이다.

대장은 웃었다.

"멍청한 녀석."

"죄, 죄송합니다. 하지만, 내일부터는 기운 차리겠습니다."

"좋아."

"그나저나 대장님."

"응?"

"여자는 안 데려가십니까?"

그 말에 대장은 어깨를 으쓱하며 말했다.

"아아, 내게는 입단 전부터 함께 해 온 아내가 있으니까. 오늘은 아내를 안을 거다."

빅터는 깜짝 놀란 표정으로 말을 받았다.

"헤에, 부인이 있으셨습니까."

크롤리도 몰랐다. 분명 템플 기사는 여자와 교제하는 것이 금지되어 있으나 입단 전부터 아내가 있었던 경우에는 그것이 허락되었다.

"그러면, 오늘은 뜨거운 이별의 밤이 되겠군요."

"헛소리 마라."

대장은 한 차례 웃더니 그대로 이쪽에게 등을 돌려 떠나갔다.

빅터가 그 뒷모습을 지긋이 바라보며 말했다.

"크롤리."

"응."

"나, 역시 열심히 해 볼란다."

"의욕이 좀 생겼어?"

그렇게 묻자 빅터는 고개를 끄덕였다.

"그래. 대장이 빈손으로 돌아갔다는 건, 그 이쁜이가 비어 있다는 뜻이잖아! 식당으로 돌아갈란다!"

"그쪽으로 열심히 해 보겠다는 소리였어?"

크롤리는 웃었다. 식당으로 돌아가려 하는 빅터의 발걸음은 휘청휘청 흔들리고 있어 도무지 여자를 상대할 수 있을 것으로는 보이지 않았지만.

그래도 둘이서 식당으로 돌아갔다.

다들 좀 전보다 훨씬 취기가 돌아서인지 분위기가 밝았다.

지르베르까지 얼굴이 새빨개져서,

"아~ 어딜 가셨던 겁니까, 두 분 다~!"

그런 소리를 해오기에 다 같이 다시금 술을 마셨다.

매우 즐거웠던 그 날의 기억은 지금까지도 머릿속에 생생하게 남아있다.

◆

가만히 이야기를 듣던 페리드 바토리가 물었다.

"그래서 결국 너는 그 날 여자랑 잤어?"

"그게 그렇게 신경 쓰여?"

크롤리가 말하자 페리드는 잔을 기울여 와인을 마셨다.

"분명 이번 십자군은 처음에는 이기고 있었다고 들었어. 적의 본거지인 다미에타를 함락한 뒤 몇 번이나 저쪽이 강화를 제의해 왔을 텐데."

"응."

"이기고 돌아올 타이밍은 몇 번이나 있었어. 실제로 각국의 왕들은 몇 사람이나 돌아왔고. 그런데 너희는 전장에 남았지?"

"그래, 그랬지. 운이 나빴어."

이 십자군 원정은 각국의 왕이 아니라 교황 특사의 주도로 이루어진 것이었다.

그리고 교황 특사는 이교도와의 강화를 결코 허락지 않았다.

교황 특사 펠라기우스는 이상가이자 욕심 많은 남자였다.

그래서 이런 소리를 하고야 말았다.

'성지는 오로지 그리스도교도의 피로써 되찾아야만 한다.'

그리고 몇 번이나 승리할 타이밍은 있었음에도 아직 더 손에 넣을 수 있을 것이라며 집요하게 카이로로 향하게끔 했다.

그 결과, 끝내 지고 말았다. 심지어 몹시도 처참하게 패했다. 영원히 이길 수 있는 전쟁 따위 있을 리가 없건만.

수많은 병사들이 그 때문에 개죽음을 당했다.

페리드가 말했다.

"그래서 아까 그 술판 이야기에 나왔던 사람들 중 몇 사람이 너처럼 신앙심을 잃었어?"

"……."

크롤리는 대답하지 않았다.

하지만 페리드는 개의치 않고 말을 이었다.

"지르베르라는 사람은 살아있는 것 같고. 그 살해현장에 있었던 애 맞지? 네가 돌아오기를 바라던."

"그래."

"그래서, 다른 동료들은? 몇 명이나 살아남았어?"

그 물음에 또다시 떠올렸다.

그것은 마지막 전투에서 있었던 일이었다.

적의 본거지를 손에 넣고 왕과 교황 특사가 그 땅의 권리를 두고 다툰 끝에 새로운 성과를 얻어내기 위해 시작된 전투.

부족하다.

한참 부족하다.

성지다.

성지를 되찾아야 한다!

어쩌면 그 한없는 욕망이 신의 분노를 산 것일지도 모른다. 전위부대에 흑사병이 퍼져 많은 동료들이 병사했다. 모든 템플 기사들을 통솔하는 총장, 기욤 샤르트르까지도 병사하고 말았다.

그럼에도 불구하고 전쟁은 끝나지 않았다.

전진.

전진.

무조건 전진.

너희의 피가 흘러야만 성지를 되찾을 수 있다!

그러한 명령을 받은 크롤리 일행은 필사적으로 싸움을 이어갔다.

그는 그 기억을 떠올렸다.

◆ ◆ ◆

고동소리가 들린다.

자신의 심장소리가 경종(警鐘)처럼 울려 퍼졌다.

귀에 들리는 것은 그 소리뿐이었다.

전장.

그곳은 정말로 처참한 곳이었다.

동료들만 하염없이 죽어나간다. 자신들은 신의 가호를 받아 정의의 군세로서 이 땅에 왔을 터인데. 몇 번이나, 몇 차례나 승리하였으니 이제는 전쟁을 끝내도 될 텐데, 어쩌다 일이 이렇게 되어 버린 것이라는 말인가.

눈앞에 있는 적들은 강했고 지금은 지리적 이점이니 운 같은 것이 몽땅 다 적에게 넘어간 상태였다.

"신이시여."

크롤리는 중얼거렸다.

"신이시여, 저희를 버리지 마소서."

그럼에도 십자군 동료들은 필사적으로 싸웠다.

정의를 위하여.

대의를 위하여.

신의 이름 아래.

갈색 피부를 지닌 이교도가,

"우오와아아아아아아아아아!"

하고 절규를 지르며 덤벼들었다. 크롤리는 그 목을 검으로 날렸다.

"망할, 죽어!"

머리가 허공을 날았다.

피가 물보라처럼 튀었다.

그것을 뒤집어썼다.

하지만 이제는 신경도 안 쓰였다.

이미 온몸이 새빨갰다.

그의 몸은 아군의 피와 적의 피, 살점과 내장으로 범벅이 되어 있었다.

얼마나 많은 수의 적을 베어죽였는지는 이제 모르겠다. 죽이고 죽이고 또 죽였다. 기사로서의 평가는 그 죽인 숫자로 결정나는 법이었으나 세기를 관둔지 오래였다.

그럴 여유는 없었다. 살아남느라 여념이 없었다. 동료를 지키느라 여념이 없었다.

이곳에 오기 전에 대장이 했던 말만이 머릿속을 맴돌았다.

적을 잔뜩 죽여라.

그리고 동료들을 지켜라.

그는 그 명령을 계속해서 지켜나갔다.

이제 무엇을 위한 싸움인지 알 수 없게 되어 버렸으니 그저 죽일 뿐이었다.

그저 죽인다.

적을.

덤벼드는 것을.

그릇된 사상을 지닌 이교도놈들을 죽이고 죽이고 또 죽인다.

검으로 가슴을 꿰고 옆에 있던 남자의 안면에 발차기를 박아넣으며 검을 뽑았다.

창을 빼앗아 그 남자의 안면을 칼자루로 후려쳐 뭉개 버렸다. 그 창을 던졌다. 창이 화살을 메기려던 남자의 목에 꽂혔다.

어쨌든 죽여라.

이교도를 죽여라.

죽기 전에 죽여라!

"허억… 허억… 젠장, 적은, 적은 아직도 안 물러나는 건가…."

심장이 터질 것만 같았다.

숨이 멎을 것만 같았다.

하지만 그럼에도 눈앞에 있는 적을 죽이며 그는 말했다.

"살아있다. 나는 아직, 여기 살아있다고!"

그는 전장에서 마치 기도라도 하듯이 중얼거렸다. 왼손이 무의식적으로 목에 건 묵주로 향했다. 마음이 구원을 바라고 있는 것이다.

신에게.

부디 이 부조리한 곳에서 구해주소서, 하고 마음이 신에게 외치고 있었다.

하지만 구원은 오지 않았다.

신의 인도 따위는 느껴지지 않았다.

또 적이 덤벼들었다.

그 검을 쳐냈다. 검을 날려 어깨를 통해 가슴에 박아 넣어 그대로 심장을 도려내고 나니 정면에 있던 적들이 몽땅 죽어, 적이 없어졌다.

몇몇 사람이 조금 떨어진 곳에서 피투성이가 된 크롤리를 겁에 질린 얼굴로 쳐다보고 있었다.

크롤리는 그 이교도들의 무리를 노려보았다.

“뭐야. 왜 안 덤벼.”

“…….”

이교도들은 이쪽을 가리키며 이국의 말로 저마다 뭐라 말했다.

“뭐야. 뭐라고 하는 거야.”

그 중 한 명이 크롤리를 보고 이렇게 외쳤다.

“샤이탄(shaitan).”

크롤리는 그 단어의 의미를 알았다. 이교도들의 말로 ‘악마’라는 뜻이었다.

신의 명령을 받고 이곳까지 왔을 터인데, 무려 악마라는 소리를 듣고 말았다.

하지만 그래도 딱히 상관은 없었다. 이 싸움을 끝낼 수만 있다면.

크롤리는 그 말을 듣고 고함을 쳤다.

“그래. 악마다! 신이 너희 이교도놈들을 죽이기 위해 보내신, 괴물이다! 죽고 싶지 않으면 꺼져라! 이 자리에서 지옥의 업화에 내던져지고 싶은 놈만 내 앞으로 나와!"

그 고함으로 조금은 적의 사기가 떨어져 줬으면, 혹은 겁을 먹고 철수해 줬으면 했다.

"……."

하지만 그렇게 호락호락하게 물러나지는 않을 모양이었다. 당연한 일이다. 지금은 적의 수가 압도적으로 많으니. 몇 명의 남자들이 의견을 주고받더니 집단을 이루어 크롤리에게 공격을 퍼부으려 하고 있었다.

"망할."

그렇게 말하자마자 옆에서 휭, 하고 바람을 가르는 소리가 났다.

화살이 날아오는 소리다.

"칫."

그쪽을 쳐다보았다. 하지만 이미 늦었다. 피할 수 없다. 오른손을 들어 목과 심장을 가렸다. 그의 팔에 꽂히려던 그 화살을,

"멍하니 있지 마라, 크롤리!"

빅터가 뒤에서 검으로 떨쳐내 주었다.

그 화살을 쏜 적 병사를, 구스타보와 몇 명의 종기사들이 달려들어 죽였다.

크롤리는 자신을 구해준 빅터 쪽을 쳐다보았다. 그 역시 처

참하리만치 피투성이가 되어 있었다.

"멍청이. 네가 먼저 죽으면 누가 날 지켜주냐?"

그런 소리를 하기에 크롤리는 고개를 끄덕였다.

"아아, 미안. 네가 살아 있어 줘서 다행이야."

"하지만 이거 곧 죽을 판 아니냐? 템플 기사단에게는 후퇴가 용납되지 않아. 이겨서 돌아가거나 죽어서 돌아가거나지…. 아아, 젠장. 역시 오기 전에 여자나 더 안아둘걸 그랬어."

빅터는 이런 상황에서조차 농지거리를 했다.

크롤리는 그 말을 듣고 웃으려 했으나 뺨이 경직되어 움직이지 않았다.

눈앞에는 자신들의 몇 배나 되는 적이 있었다. 모종의 기적이라도 일어나지 않는 한은 아마도 이 자리에서 죽을 것이다.

하지만 그 죽음에 어떠한 의미가 있을지는 알 수가 없었다. 이제 이 전쟁을 이길 방도는 없을 듯했다. 성지는 되찾지 못하리라. 동료가 개죽음을 당하기만 하는, 해서는 안 되는 전쟁이었다.

현재 교황 특사는 어딘가에서 결사의 돌격을 강행하고 있다고 들었는데 그 역시 아마도 성공하지 못할 것이다. 그 교황 특사는 전쟁이 어떠한 것인지 전혀 모른다는 평가가 파다하게 퍼져 있었다.

다시 말해 자신들은 이곳에서 개죽음을 당할 것이다.
"…죽는다. 여기서 죽는 건가."
중얼거리자 빅터가 웃었다.
"굳이 말하지 말라고."
"좀 더 명예로운 죽음을 당하고 싶었는데."
"그럼 마지막 순간에는 나를 지키다 죽어."
그런 소리를 해대기에 크롤리는 빅터를 쳐다보았다.
"그것 참 명예롭네."
"그렇지? 그리고 난 도망칠란다."
"전장에서 도망치면 처벌받아."
"어라, 적이 아군의 세 배면 도망쳐도 되는 거 아니었어?"
그러고 보니 그런 규정도 있었던 것 같다. 하지만,
"도망치게 해 줄까?"
"무리겠지. 우리도 왕창 죽여댔으니."
크롤리는 그제야 웃으며 말을 받았다.
"아까 나보고 악마라더라."
"하하, 네가 제일 많이 죽였으니까."
그러던 중에 등 뒤에서 구스타보가 외쳤다.
"일단 물러나라, 밀집해서 한 덩이로 뭉친다!"
돌아보며 고개를 끄덕였다. 덤벼든 몇 명의 적을 베며 다소 물러났다.

곧이어 동료가 소리를 질렀다.

"이, 이봐들, 대장님이 부상을 당했다!"

"뭣?!"

목소리가 들려온 쪽을 보니 알프레드 대장의 가슴이 움푹 베어져 있었다. 몇몇 상급 기사들이 대장을 필사적으로 부축하며 뒤로 물러났다.

빅터가 말했다.

"이봐, 대장을 지키러 가자."

하지만 크롤리는 한 번 더 대장이 있는 쪽을 쳐다보고서는 고개를 가로저었다.

"아니, 나는 안 가."

"어째서!"

"대장이 그랬거든. 한 명이라도 많은 적을 죽이고 동료들을 지키라고. 지금 대장한테 가면 혼날 거야. 그건 명예로운 죽음이 아니야."

"멍청이, 이제 명예고 나발이고 없어! 이 싸움의 어디에 명예가 있는데!"

"하지만, 어차피 우리는 여기서 죽을 거야."

"…큭."

"설령 명예가 없는 싸움이라 해도 나는 천국에 가서 대장한테 칭찬받고 싶어."

빅터의 얼굴이 울음을 터뜨릴 듯 구겨졌다.

"망할, 그럼, 나도 너랑 남을 거다."

"너는 가."

"너를 두고 어떻게 가. 죽을 거면 여기서 같이 죽어!"

그렇게 말하며 빅터는 검을 겨누었다.

동기이자 동료의 얼굴을 쳐다보고는 크롤리도 칼자루를 꽉 움켜쥐었다. 그 뒤에 몇 명의 종기사들과 다른 십자군에 참가했던 평민 출신 병사들이 늘어섰다.

빅터가 말했다.

"크롤리. 지휘를 맡아."

하지만 쓸 수 있는 작전이 이제 없었다. 이미 완전히 패배로 기울어진 싸움이었다. 할 수 있는 일이라고 해 봐야 정면으로 돌진해서 한 사람이라도 많은 적을 죽이는 것뿐이었다.

그래서 크롤리는 검을 쳐들고서 말했다.

"모두의 목숨을, 내게 줘! 돌격한다! 전원—."

돌격! 그렇게 말하려던 순간, 후방에서 기마가 달려오는 소리가 들려왔다.

"크롤리 님! 빅터 님!"

지르베르의 목소리였다. 말이 두 사람 앞에 끼어들었다.

"증원군을 데려왔습니다!"

크롤리는 그를 올려다보았다. 그러고는 등 뒤를 보았다. 거기에는 십여 마리의 기마에 탄 기사들의 모습이 있었다.

그 정도 수의 기마대가 온들 이 상황은 뒤집어지지 않는다.

하지만 지르베르는 이국의 말로 뭐라 외쳤다.

무슨 말을 했는지는 알 수가 없었다. 하지만 그로 인해 적의 움직임이 멈췄다. 당황한 듯한 표정으로 한꺼번에 서로 이야기를 나누기 시작했다.

빅터가 말했다.

"야, 지르베르. 지금 뭐라고 했냐?"

"수천 명의 증원군이 지금 이리로 오고 있다고 했습니다."

"그래서, 오긴 오냐?"

"안 옵니다!"

"어엉?!"

"속임수로 혼란에 빠져 있는 동안 일단 물러나죠. 적의 수는 세 배 이상입니다. 후퇴해도 죄가 되지 않습니다."

크롤리는 그 말을 듣고서 말했다.

"들통 나면 금방 추적당할 텐데."

"그래도 지금은…."

"어차피 죽을 거면 적한테 등을 보이고 싶진 않아."

그 말을 들은 지르베르는 다소 분한 듯한 표정으로 말했다.

"…상황이 변했습니다. 저도 소문을 들었을 뿐이라 정확히는 모릅니다만…."

"뭔데?"

빅터가 묻자 지르베르가 대답했다.

"아마 머지않아 전쟁이 끝날 겁니다."

"뭐어? 무슨 소리야?"

"교황 특사님이… 붙잡히셨다고 합니다."

"뭣, 정말?"

빅터는 깜짝 놀란 투로 말했다.

하지만 그럴 가능성은 충분히 있었다. 궁지에 몰린 교황 특사는 매우 무모한 작전을 입안했었다. 적이 그 작전의 빈틈을 찌르고 들면 무너지는 것은 시간문제였다.

하지만 이 전쟁을 주도하고 있었던 것은 교황 특사 펠라기우스였다. 각국의 왕들은 이미 이 전쟁에서 흥미를 잃은 상태였다.

그런 상태에서 그 교황 특사가 붙잡히면 어떻게 될까?

완전 패배로까지 이어질 수 있었다. 일단 물러나 태세를 정비할 필요가 있었다.

지르베르가 물었다.

"대장님은 어디 계십니까?"

크롤리는 그 말에 얼굴을 찌푸리며 답했다.

"부상 당하셨어."

"그럴 수가."

"후방으로 물러나 계셔."

"잠깐, 다녀오겠습니다!"

말을 돌리려 하는 지르베르를 만류했다.

"잠깐, 지르베르. 속임수는 완성시키고 나서 가."

"아…."

지금 허둥지둥 후방으로 물러나면 증원군이 온다는 정보가 거짓이었음이 들통 난다. 유유히, 천천히 물러날 필요가 있었다.

지르베르는 말을 세워 그대로 천천히 적과 눈씨름을 벌이며 물러났다.

시간을 얼마나 벌 수 있을까.

몇 시간?

하룻밤?

어쨌든 지금은 물러나야 했다. 자신들이 해야 할 일이 무엇인지를 다시금 찾아내기 위해.

적이 이쪽에게 등을 보이며 일제히 물러나기 시작했다.

크롤리도 그것을 확인하고 나서 물러났다.

물러나며 둘러보니 아군이 입은 피해는 생각했던 것보다 엄청났다.

땅바닥에 아직 어린 종기사들의 팔과 머리, 몸통이 나뒹굴고 있었다. 자신을 따르던 자들만 해도 열 명은 있었을 터인데, 현재까지 남은 것은….

"크롤리 님."

종기사 로소가 울며 다가왔다. 갈색 머리에 주근깨가 있는, 흰 피부를 지닌 소년이었다.

로소에게 물었다.

"살아남은 건 너뿐이야?"

"…네."

"잘 살아남았어."

"…네."

눈물로 엉망이 된 소년의 어깨를 토닥여 주었다.

"우으, 제가, 좀 더 강했더라면…."

"넌 잘못 없어."

"하지만."

"넌 잘못 없어! 분하면 더 강해져라."

"네!"

크롤리는 그렇게 말했으나 이곳에서 살아남을 수 있으리라는 생각은 버린 지 오래였다.

조금 더 물러나자 알프레드 대장이 상급 기사들에게 둘러싸인 채 드러누워 있었다. 몇몇 기사들은 울고 있었다.

크롤리와 빅터가 온 것을 알아챈 구스타보가 이쪽으로 다가왔다.

구스타보에게 물었다.

"대장님 상태는?"

구스타보는 피곤에 절은 얼굴로 고개를 가로저었다.

"부상이 심해. 아마도…."

그 이상은 말하지 않았다.

죽을 것이라는 뜻이다. 그토록 강하고 총명했던 대장이 이런 전쟁으로 죽는다.

이런 무의미한, 할 필요가 없었던 전쟁으로.

"망할…."

크롤리는 신음하듯 말하고는 목에 건 묵주로 손을 뻗었다. 신에게 기도해 봐야 아무런 도움도 주지 않는다는 것을 알면서도 신에게 매달릴 수밖에 없었다.

구스타보가 말을 이었다.

"크롤리."

"네."

"대장님이 널 부르신다."

"저를? 어째서죠?"

그 말을 들은 빅터가 크롤리의 등을 떠밀며 말했다.

"넌 대장 눈에 든 놈이니까. 하고 싶은 말이 있으신 거겠지."

빅터 쪽을 한 차례 쳐다보고는, 고개를 끄덕이고서 앞으로 나아갔다.

대장 곁에 있던 상급 기사들이 이쪽을 발견하고는 대장에게서 떨어졌다.

그러자 땅바닥에 드러누운 대장의 상태가 보였다. 심각한 부상이었다. 가슴을 비스듬히 움푹 베여 손쓸 방도가 없는 상태였다.

그럼에도 대장은 이쪽을 보며 미소 지었다.

"왔냐, 크롤리."

"네."

"큰소리 내기, 힘들다. 가까이 와라."

"네."

명령에 따라 대장의 옆으로 다가갔다. 그러자 대장이 팔을 콱 붙들어 끌어당겼다. 팔에 담긴 힘이 아직 강한 듯하여 다소 안심했다.

대장이 말했다.

"이런 모습을 보여서, 미안하다."

"아닙니다."

"그런 표정 짓지 마라. 넌 잘 하고 있어."

"…아뇨. 전혀, 틀렸습니다. 대장님의 명령을 지키지 못했습니다."

"명령? 내가 뭐랬기에."

"…적을 잔뜩 죽이고 동료들을 지키라고 하셨습니다. 하지만 많은 동료들을 죽게 했습니다."

"멍청이. 그건 내 책임이다. 이 부대의 대장은 나라고."

"……."

"너는 잘 해주고 있어. 네가 없었다면 몇 번이나 전멸 당했을 거다. 다른 기사들과 병사들이 너를 뭐라고 부르는지 아냐?"

크롤리는 고개를 가로저었다. 적은 샤이탄이라고 불렀는데.

대장은 말했다.

"영웅이다. 너는 영웅이라 불리고 있어. 최전선에 서서 그 누구보다도 많이 죽이고, 그 누구보다도 많은 이를 지켰으니까. 이곳에 있는 기사들은 모두, 네 덕에 목숨을 건졌다."

"하지만…."

"닥쳐. 네 의견 안 물어봤다."

"……."

"나는 네가 자랑스럽다. 내가 키운 기사들 중, 가장 우수해. 너를 남길 수 있어 다행이다."

대장이 말했다. 대장이 자신을 칭찬하고 다녔다는 구스타보의 말은 사실이었다.

크롤리는 그 말을 듣고서 대장의 팔을 꼭 잡고는,

"…아니, 칭찬하지 말아 주십시오. 돌아가서 또, 당신의 훈련을 받고 싶습니다."

하지만 대장은 그 말에 난감하게 됐다는 표정으로 이쪽을 쳐다보았다.

"저는 아직, 대장이 없으면 안 됩니다."

그러자 대장이 이쪽으로 손을 뻗더니 머리를 살며시 어루만졌다.

"멍청이, 이제, 너는 영웅이라는 소리까지 듣고 있단 말이다. 그런 남자가 돼서, 울지 마라."

"…하지만."

그때, 대장은 피를 토했다. 핏빛이 지독하게도 짙었다. 검고 양도 많았다. 대장의 몸이 급속도로 약해지고 있다는 것이 느껴졌다.

죽는다. 대장은 죽을 것이다.

하지만 대장은 말을 이었다.

"크롤리, 너한테 마지막 명령을 내리마."

대장이 그렇게 말해 주었건만 목소리가 나오지 않았다. 대답조차 하지 못했다. 눈물이 흘러나오는 바람에, 그 상태로 목소리를 내면 약하고 떨리는 목소리만 나올 것 같았다.

대장이 말했다.

"명령이다. 너는 여기서, 절대로 죽지 마라."

"……."

"네게는 미래가 있다. 늘 냉정하고, 검술 재능에, 인망도 있어. 너는 언제고, 이 기사단을 짊어지고 설 인간이다. 그러니, 이딴 데서 죽지 마라."

그렇게 말했다.

크롤리는 물었다.

"…하지만, 저는 전장에서 죽는 것이야말로 기사로서 명예로운 일이라 배웠습니다."

"동료를 지키는 것도, 기사로서 명예로운 일이다."

"……."

"게다가 이건 이미, 전쟁이 아니야. 자살이지. 더 이상은 내 부하들을, 이딴 부조리한 일로 죽게 두지 않을 거다."

그렇게 말하더니 대장은 그대로 크롤리의 어깨를 붙잡은 채 말을 이었다.

"그러니 크롤리. 부탁이다. 동료들을… 저 녀석들을 살려서… 나라로…."

하지만 말을 끝맺기 전에 팔에서 힘이 빠졌다. 손이 땅바닥에 툭 떨어졌다.

결국, 대장은 조국으로 돌아가지 못했다.

크롤리는 대장의 시체를 품에 안은 채 내려다보았다.

"……."

필사적으로 이를 악물고 있는데도 눈물이 멈추지 않았다. 오열을 참는 것이 고작이었다.

대장에게는 열일곱 살부터 검술 지도를 받았다.

기사로서 갖춰야 할 모든 것을, 이 사람에게 배웠다.

그런 대장이, 죽었다. 스승이 죽었다. 그것도 아무런 의미도 없는 전장에서.

이런 일이… 이런 일이 용납될 리가 없다.

만약 신이 이 광경을 보고 있다면, 평소의 행실이라는 것을 보고 있다면, 대장은 명백히 죽어야 할 사람이 아니었다. 그렇다면 자신은, 자신들은, 무엇을 위해 싸우고 있다는 말인가. 신이 보지도 않는 곳에서, 대체 무엇을 위해—.

누군가가 어깨를 살며시 다독여 주었다.

빅터였다. 그도 슬픔으로 가득한, 울음을 참는 듯한 얼굴이었다.

크롤리는 그에게 말했다.

"…대장이…."

"그래."

"대장이 죽었어."

"그래, 알아."

"나는 어쩌면 좋지."

그러자 빅터가 말했다.

"평소처럼 해. 대장은 평소의 너를 믿었을 테니."

그렇게 말했다.

평소의 자신. 그는 목에 걸려 있는 묵주를 움켜쥐었다.

신께 구원을 바라듯. 눈길조차 주지 않는 신에게 기도하듯.

그는 얼마간 그 자리에서 움직일 수가 없었다. 하지만 계속 이곳에 있을 수 없다는 사실도 알았다. 그러니 잠시만. 아주 잠시만. 죽어 버린 대장이 화를 내지 않을 정도로 잠시만, 그곳에서 슬픔을 받아들였다.

1초.

2초.

3초.

크롤리는 다시 고개를 들었다. 눈물로 젖은 눈을 팔로 훔쳤다. 대장의 목에 걸려 있던 묵주를 뜯어 품안에 넣었다. 그리고는 대장을 땅바닥에 눕히고서 일어났다.

그러자 역시나 등 뒤에 있던 지르베르가 말했다.

"크롤리 님. 어떻게 할까요."

그에게로 고개를 돌렸다.

그곳에는 동료 기사들이 몇 사람이나 모여 있었다. 그리고 그보다 더 뒤에는 일반 병사들도 있었다.

하지만 이제 수는 얼마 되지 않았다. 조금 전에 있었던 혼전으로 뿔뿔이 흩어지는 바람에 얼마나 많은 동료를 잃었는지조차 알 수 없었다.

하지만 그럼에도 그곳에는 일흔 명 정도가 살아남아 있었다.

지르베르가. 빅터가. 쿠스타보가. 종기사 로소가. 다른 상급 기사들이며 그들을 따르는 일반 병사들이 이쪽을 보고 있었다.

대장과 크롤리의 이야기를 듣고 있었던 것이다.

그는 그들을 바라보며,

"…동료들을 살려서 나라로 돌려보내라…."

작은 소리로 그렇게 중얼거려 보았다.

말로 내뱉고 나자 공포심이 솟구쳤다. 이곳은 적진 한복판이었다. 그리고 증원군은 이제 오지 않는다. 까놓고 말해서 그것은 불가능한 명령이었다.

하지만 해내야만 했다.

"……."

그런 생각을 하던 중에 빅터가 말했다.

"괜찮아. 나도 도울 테니까."

구스타보도 말했다.

"나도 도우마. 후배한테 명령받기는 싫지만 대장님의 명령이었으니까."

다른 상급 기사들도 이의는 없어 보였다.

지르베르가 말했다.

"크롤리 님. 명령하십시오."

크롤리는 고개를 끄덕이고는 말했다.

"전원 철수! 우리는 다시금 이 땅으로 돌아오기 위해, 철수한다! 잘 들어라! 지금부터는 그 누구도 죽어서는 안 된다! 서로가 서로를 지키며 반드시 나라로 돌아가는 거다! 그리고 다시금 힘을 키워 성지를 탈환하자!"

그렇게 호령을 하자 기사들은 함성을 내질렀다.

◆

그로부터 며칠 동안 있었던 일은 이제 잘 기억이 안 났다.

그저 밤낮을 가리지 않고 걸었다.

적에게 죽지 않기 위해. 어떻게든 달아나기 위해.

그러는 동안 몇 번이나 습격을 받았고, 그때마다 동료를 잃었다. 하지만 그래도 포기할 수는 없었다.

살아 돌아갈 것이다.

모두를 살려서, 나라로 돌려보낼 것이다.

그것이 대장의 마지막 명령이었으니.

"아아~ 크롤리, 요즘 잠만 자면 여자 꿈을 꾸는데 어쩌면 좋겠냐?"

빅터가 걸으며 그런 소리를 했다.

크롤리는 그 말에 대답했다.

"말을 아껴. 체력 떨어져."

그러나 빅터는 그 말을 듣지 않았다.

"하지만 우중충한 표정으로 축 처져서 걸어봐야 지치긴 마찬가지잖아."

그런 소리를 하는 빅터를 보고 그는 웃었다.

"한참 전부터 지쳐 있었는걸."

"그러니 더더욱, 여자 얘길 해야지."

“난 여자보다 물을 마시고 싶은데.”

“뭐어, 그건 나도 마찬가지지만 말이지~ 물 얘기하면 괜히 더 목마르잖아?”

빅터는 말했다. 매우 지친 얼굴이었다. 물도 식량도 바닥난 지 오래였다. 몸에 힘이 안 들어갔다. 다음에 습격을 받으면, 그때는 정말 죽을지도 모른다.

하지만 그래도,

“다미에타까지 가면 물은 마실 수 있을 거야.”

크롤리는 말했다.

다미에타라는 것은 이 십자군 원정에서 거둔 최초이자 최고의 전과였다.

적의 본거지 중 하나.

자신들은 그곳을 함락시켰다.

그거면 충분할 터였다. 적은 강화를 제의해 왔다. 여러 나라의 왕들은 그것을 받아들여야 한다고 말했다. 이제 충분하다며.

그랬는데 이 사태는 대체 무엇이라는 말인가.

“…….”

생각한들 소용없는 일이다.

어쨌든, 다미에타로 돌아가면 아군이 잔뜩 있을 터다. 물도 마실 수 있을 테고. 그리고.

"얼마 안 남았어."

크롤리가 말하자 등 뒤에서 구스타보가 말했다.

"이봐, 크롤리."

"네?"

"빅터 얘기 방해하지 마라."

"네? 무슨 말씀이십니까?"

"여자 얘기. 좀 듣자. 그런 얘기라도 안 들으면 배가 고파 못 걸을 것 같으니까."

그런 소리를 해오자.

빅터가 것 보라며, 말하는 듯한 표정을 지었다. 다른 상급 기사 동료들도 그래그래, 하고 고개를 끄덕였다.

"당신들 정결의 맹세라고 들어는 보셨습니까?"

크롤리가 어이가 없다는 표정으로 돌아보자 역시나 구스타보가 지칠 대로 지친 표정으로 대답했다.

"일단 안고 나서 생각할란다."

"나 원."

"그러면 빅터. 시작해라."

그러자 빅터가 고개를 끄덕이더니 이야기를 시작했다.

"이야~ 이건 작년 여름밤에 있었던 일인데 말입니다. 클라

우디아라고 수다 떨기 좋아하는 여자가 있었는데. 그 여자가 전에 기사와 사귄 적이 있다는 소리를 하더군요."

그 말을 들은 구스타보가 물었다.

"호오. 설마, 템플 기사단이냐?"

"네에. 그래? 하고 물었더니 그렇다고 하더군요. 심지어 그 녀석은 여자 앞에서는 아기 같은 목소리로 말하며, 여자한테 얻어맞는 걸 좋아하는 변태였다지 뭡니까."

"우와, 정말이냐? 그래서, 그 기사의 이름은 물어봤고?"

"으~음, 그게, 크롤리 어쩌고라는 부분까지는 들었는데 말입니다~"

그런 소리를 해댔다.

완전히 지어낸 이야기였다.

하지만 기사들은 그 이야기를 듣고 웃었다. 큰소리로는 못 웃는다. 다들 이미 그럴 만한 힘이 남아 있지 않았다.

구스타보가 물었다.

"어이, 정말이냐, 크롤리?"

그 물음에 크롤리는 피곤에 절은 미소를 지은 채 입을 열었다.

"아아, 그 클라우디아 말이군요. 빅터 얘기를 자주 하더군요. 듣자하니 빅터는 여자를 상대로는 안 선다던데."

“어이!”

빅터가 어깨를 후려쳤다.

그래서 또 다 같이 웃었다.

웃음이 나오기 시작했다. 다미에타가 가까워진 탓이다. 철수하기로 결정한 시점에는 일흔 명이었던 동료는 이제 마흔다섯 명까지 줄어들었다.

하지만 그래도 마흔다섯 명이 살아 돌아갈 수 있다.

대장은 이 결과를 칭찬해 줄까.

“보인다~!”

병사 중 한 명이 외쳤다. 크롤리는 그 소리를 듣고 고개를 들었다.

그러자 드디어 저 멀리 성벽이 보이기 시작했다. 다미에타라는 도시에는 성벽이 있었던 것이다. 그 성벽을 돌파하는 데 꽤나 고생을 했던 것 같기도 하지만, 지금은 저 성벽이 믿음직해 보였다.

아마 추적자도 더는 오지 않을 것이다. 다미에타 내부에는 지금도 수많은 십자군이 있을 테니.

“성벽이다!”

“다미에타가 보인다~!”

병사들이 외쳤다.

조금만 더. 조금만 더 가면 된다.

그가 그렇게 생각한 참에 후방에서 소리가 들렸다. 땅울림 같은 소리가.

그리고 이국의 말이.

추적자의 목소리다.

"젠장."

크롤리는 뒤를 돌아보았다. 아직 거리는 조금 있었으나 적의 수는 지금까지 격퇴해 온 추적자들의 수보다 많았다. 말을 타고 있다. 따라잡힐 것이다.

구스타보가 외쳤다.

"뭐야, 저건! 여기까지 왔는데 그러는 게 어딨냐고!"

크롤리는 곧장 동료들에게 명령했다.

"달려! 도망치라고!"

그렇게 말하면서도 그는 움직이지 않았다. 몸을 돌려 허리에 찬 검을 뽑았다.

옆에서 빅터가 말했다.

"이봐, 크롤리. 어쩌려고 그래."

"저것들한테선 못 도망쳐. 나는 후위를 맡겠어."

"그러다 죽어."

"동료들을 지키겠다고 대장한테 약속했어."

"대장은 너한테 반드시 살아남으라고 했어! 너는 선두로 가. 내가 후위를 지킬 테니까!"

빅터도 그렇게 말하며 허리에 찬 검을 뽑았다. 그러자 그에 호응하듯 구스타보와 다른 상급 기사들이 검을 뽑았다. 그 수는 십여 명. 달아날 수 있는 거점이 코앞에 있음에도 동료를 지키기 위해 목숨을 걸려 하는 녀석들이 이곳에는 십여 명이나 있었다.

끝으로 지르베르가 눈앞에 서더니,

"그럼, 저도…."

그렇게 말했지만 크롤리는 그가 뽑으려 하던 검의 칼자루를 억누르며 명령했다.

"아니, 너는 안 돼. 지르베르. 남은 동료들을 이끌 인간이 필요해."

"무슨, 웃기지 마십시오. 이곳이 제가 죽을 곳입니다."

"아니. 너는 동료들을 지키며, 다미에타로 들어가."

"싫습니다! 그건 당신이 맡을 역할입니다. 저는 여기 남아…."

크롤리는 그의 얼굴을 후려쳤다.

"컥."

"잘 들어, 지르베르. 남은 동료들을 이끌 우수한 기사가 필요해. 그리고 그건 너야."

"아닙니다. 그 역할은 크롤리 님이."

"네가 맡아. 이건 명령이야! 선배의 명령을 못 듣겠다는 거냐!"

"…크."

입을 다문 그의 어깨를 붙잡고서 말했다.

"게다가 나도 여기서 죽을 생각은 없어. 대장의 명령은, 반드시 살아남아라, 였으니까. 나는— 우리는 살아남을 거야."

그러자 지르베르가 울음을 터뜨릴 것만 같은 표정으로 이쪽을 보며 말했다.

"…정말입니까?"

"정말이야. 미끼 역할을 마치고 나면 그대로 도망칠 거야. 그동안 너희도 도망쳐. 그리고 다미에타에 있는 십자군을 증원군으로 데려와 줘."

그 말을 들은 지르베르는 잠시 생각을 하는 듯한 표정을 짓더니 이내 고개를 끄덕였다.

"알겠습니다. 하지만 반드시 나중에 합류하겠습니다."

"그래."

"반드시요!"

"믿을게. 좋아, 어디 해 볼까. 너희는 도망쳐라."

그 말에 답하듯 지르베르는 손을 들었다.

“다들 내 쪽으로 와라! 다미에타로 증원군을 부르러 간다!”

그리고 달려 나갔다. 그 모습을 지켜보던 크롤리는 다시 한 번 등 뒤를 돌아보았다. 적이 다가오고 있다. 그 수는 거의 백 명에 달할 것이다.

지칠 대로 지친 십여 명의 기사로는 도저히 승산이 없다. 하지만 지르베르 일행이 발각되지 않도록 적의 시선을 묶어둬야만 했다.

그래서 크롤리는 말했다.

“전진하자.”

그러자 옆에서 구스타보가,

“그럼 역시, 여기서 죽는 거냐? 아~ 실수했네. 역시 지르베르랑 같이 갈걸 그랬어.”

그런 소리를 했지만 그가 가장 먼저 검을 뽑았음을 크롤리는 알았다. 그는 늘 그런 남자였다. 결코 동료를 내버리지 않는다.

그리고 그 옆에는 공포로 온몸을 떠는 종기사 로소가 있었다. 그도 남아준 것이다.

그밖에도 친한 기사들만 남았다. 훈련과 침식(寢食)을 함께 해 온 동료들이었다.

빅터가 큰소리로,

"이봐들! 무사히 돌아가면 가장 먼저 뭘 할지 말해봐!"

느닷없이 그런 소리를 했다.

그러자 기사들이 차례로 소리를 쳤다.

"고기! 고기를 배터지게 먹어야지!"

"당연히 여자를 안아야지!"

"술! 아니, 물! 우선 물부터 마시고 싶어!"

그러자 빅터가 웃으며 말했다.

"너희들 모두 욕심이 넘쳐나는구나! 그래서 어디 하느님이 구원해 주시겠냐!"

그 말에 모두가 웃었다.

하지만 어쨌건 그 덕에 살아 돌아가자고 결심할 수 있었다.

빅터가 이쪽을 보며,

"좋아, 내 임무는 끝났다."

…라고 말했다. 아마도 대장이 말한 '전장에서는 밝게 동료들을 고무시켜라'라는 명령을 그는 이번에도 지켜낸 것이리라.

빅터가 이쪽을 보며 말했다.

"이제 크롤리, 너한테 맡기마."

그 말에 크롤리는 고개를 끄덕이며 말했다.

"좋아. 그럼, 살아 돌아가자! 그러기 위해 이교도놈들을 유인해 도망친다. 검을 맞부딪혀라! 함성을 질러! 최대한 눈에 띄어야 해. 하지만, 이번 임무는 미끼가 되는 거다! 절대로 죽지 마라! 목적지가 코앞이다. 끈질기게 살아남아서, 템플 기사단의 강인함을 적들에게 보여줘라! 다들, 간다아아아아아아아아아!"

""오오오오오오오오오오오오오!""

일동이 절규를 내지름과 동시에 검을 갑옷과 방패에 부딪혀 소리를 내며 달리기 시작했다.

적들을 향해.

이교도들을 향해.

정면으로 부딪히면 한순간에 전멸이다. 그러니 직전에 멈춰서 적들이 자신들을 쫓게 해야 한다.

쫓아온 적부터 죽인다.

죽인다.

죽인다.

"죄다 죽여어어어어어어어어어어!"

크롤리는 외쳤다.

눈앞에 있는 적의 목을 쳤다.

팔을 끊어놓았다.

옆에서 빅터를 덮치려 한 적의 머리에 칼을 박아 넣었다. 검이 두개골을 깨고 깊숙이 박히는 바람에 빠지지 않게 되었다.

"큭."

옆에서 다섯 명의 적이 그 한 순간의 빈틈을 노리고 덤벼들었다.

그 적 중 한 명에게 구스타보와 로소가 달려들었다.

"크롤리!"

"크롤리 님!"

구스타보가 잽싸게 두 사람의 목을 쳤다. 역시 선배는 강하다.

하지만 로소는 밀리고 말았다. 적의 검을 받아내기는 했으나 완전히 막지 못해 목에 칼이 박혔다. 서걱. 께름칙한 소리가 났다. 로소의 목에서 피가 뿜어져 나왔다.

"로소!"

크롤리는 떨어진 로소의 검을 주워 로소를 벤 적의 심장에 꽂았다.

"크, 크롤리 님… 무, 무사하십니까."

로소는 피투성이가 돼서도 이쪽을 걱정했다.

"그래. 그렇고말고! 네 덕이야. 네 덕에, 살았어."

그러자 종기사인, 이제 막 열여섯 살이 된 소년이 기뻐하며 입을 열었다.

"다, 다행…."

하지만 그는 그 말을 끝으로 숨을 거뒀다.

자신을 구하다 아직 어리고 앞날이 창창한, 순진한 소년이 또 죽었다.

크롤리는 얼굴을 찌푸렸으나 더 이상 그곳에 멈춰 서 있을 수는 없었다.

로소의 시체를 버리고,

"물러나! 다들 물러나!"

달려 나갔다.

물론 적도 쫓아왔다. 그것을 베어나가며 필사적으로 달아났다.

등 뒤에서.

"컥."

이라든지,

"억."

하는, 귀에 익은 동료들의 목소리가 들려왔다.

동료들이 차례로 죽어나갔다. 하지만 이제 돌아볼 여유는 없었다. 필사적으로 도망칠 뿐이다. 도망치지 못하면 몰살당한다.

등 뒤에서,

"이런 망하아아아아아아아아아아아아아아아아아아아알!"

구스타보의 목소리가 울려 퍼졌다.

크롤리는 그 소리에 엉겁결에 고개를 돌리고 말았다.

그러자 바로 등 뒤까지 적이 육박해 있었다. 검을 치켜든 채, 갑자기 고개를 돌린 크롤리를 보고 깜짝 놀란 표정으로. 그 얼굴을 검으로 베어 버렸다. 완전히 구스타보의 목소리 덕에 살았다.

하지만 그 구스타보는 적진 중앙에 남겨지고 말았다. 배에서 내장이 삐져나온 것을 왼손으로 부여잡은 채 외쳤다.

"너희, 너희는 도망쳐라! 내가 여기서, 이교도놈들을 잡아둘 테니!"

무리다.

그런 일은 불가능하다.

구스타보는 죽을 것이다. 여기서.

그럼에도 그는 자신의 죽음을 겁내기는커녕,

"야, 크롤리!"

그의 이름을 불렀다.

그러고는,

"너, 어떻게든 이 녀석들을, 살려서 도망치게 해라!"

라고 외쳤다.

적들이 구스타보를 에워싸듯 모여들더니 검을 치켜들었다.

"구스타보 선배!"

크롤리가 외쳤을 때는 이미 구스타보가 검을 치켜든 채 적들을 향해 돌진하고 난 뒤였다. 적들이 구스타보에게 몰려들었다. 구스타보는 그 적들을 몇 명 죽였다.

"우오, 아아아아아아아아아아아아."

구스타보가 외쳤다.

하지만 거기까지였다.

몇 자루나 되는 검이 구스타보의 목에, 몸통에, 배에 꽂혔다. 그 상태로도 검을 휘두르고 있었다. 구스타보는 허공에 대고 필사적으로 검을 휘둘렀으나, 그 팔도 이윽고 축 쳐져 움직이지 않게 되었다.

크롤리는 그 모습을 쳐다보며,

"…망할."

신음소리를 흘렸다.

"…망할, 망할, 빌어쳐먹을."

대체 이게, 뭐란 말인가. 무엇이란 말인가. 왜 이렇게 된 것이란 말인가.

온몸이 떨리는 가운데 분노가 치솟았다. 하지만 그 분노를 누구에게 표출해야 좋을지, 이제는 모르겠다.

이교도들에게?

아니면 무의미한 전쟁을 강요한 상층부에게?

그도 아니면 아무리 믿어도 지켜 주지 않는 신에게?

빅터가 크롤리의 팔을 붙잡았다.

"넋 놓고 있지 마! 아직 우리는 살아있어! 도망치자!"

"……."

"어서!"

그가 호통을 치자 크롤리는 다시금 달리기 시작했다. 적들을 베며 동료들을 데리고 필사적으로 달렸다.

몇 사람이 살아있는지 확인할 시간도 없었다. 하지만 살아남아야 했다. 어떻게든 살아남아야만 했다.

대장이 그렇게 명령했기 때문이다.

살아서 돌아가라고. 동료들을 나라로 돌려보내라고, 그렇게 명령했었다.

그래서 크롤리는 필사적으로 달렸다.

달리고.

또 달렸다.

"……."

정신이 들어보니 적들의 손아귀에서 벗어나 있었다.

적 추적자의 모습은 이제 보이지 않았다.

얼마 동안이나 도망쳐 다녔는지 짐작도 안 되었다.

"…허억, 허억, 허억."

어깻숨을 쉬었다. 호흡을 가다듬어보려 했지만 좀처럼 가라앉지를 않았다. 가슴을 움켜쥐었다. 심장이 믿기지 않을 정도로 빠른 속도로 뛰고 있었다.

하지만 그래도,

"…살아, 남은 건가."

크롤리는 그렇게 중얼거리고는 뒤를 돌아보았다.

뒤에는 뒤따라온 동료들이 있었다. 그 수는 일곱.

십여 명의 인원으로 백 명에 달하는 적진에 뛰어들어 일곱 명이 남았다.

절반이다.

절반은 죽었지만, 그래도 그만큼 살아남은 것은 기적이라 해도 과언이 아니었다.

모두가 이쪽을 쳐다보았다. 그러고는 웃었다. 목소리는 나오지 않았다. 다들 이제, 그럴 체력도 남아 있지 않았기 때문이다.

하지만 모두가 웃고 있었다.

이 살아남은 기적과,

말도 안 되는 행운 속에서.

누군가가 말했다.

"아아, 하느님…."

그러자 여러 동료들이 차례로 하늘을 올려다보며 기도하기 시작했다.

크롤리는 그 모습을 바라보았다. 동료들이 신께 기도하는 모습을 바라보았다.

옆에서 빅터가 어깨에 손을 올렸다.

그쪽을 쳐다보니 빅터도 살아서 미소를 지어주고 있었다. 크롤리는 그의 미소를 보고서야 죽지 않았구나, 하는 실감을 느낄 수 있었다.

"하, 하하."

엉겁결에 그는 웃었다.

다미에타까지는 이제 얼마 남지 않았을 것이다. 게다가 아까 갔던 지르베르도 이제 슬슬 증원군을 데리고 이쪽으로 향하고 있을 무렵이리라.

정말로 산 것이다.

그 상황에서 자신들은 살아서 돌아왔다.

"이봐, 해냈어."

빅터가 말했다.

"크롤리. 네가 모두를 구했어."

하지만 그 말에 크롤리는 고개를 가로저었다.

"…아니, 모두 힘을 합친 덕이야. 대장이랑, 로소, 구스타보 선배…."

그뿐만이 아니다. 죽어간 수많은 동료들이 사명을 완수했다. 전쟁에는 졌지만 그래도 모두가 긍지를 품은 채 죽었다. 자신은 그 모습을 똑똑히 보았다.

동료를 지키기 위해.

명예를 지키기 위해.

그리고 그 모든 희생의 결과, 자신들은 살아남았다. 지르베르가 데리고 간 수십 명의 동료들, 그리고 이곳에 남은 일곱 명.

하물며 자신과 절친한 친구도 끝까지 살아남아 주었다.

크롤리는 고개를 들어 그 친구의 얼굴을 바라보았다. 빅터를. 그리고 조금 전에 빅터가 했던 말에 비로소 대답했다.

"…돌아가면 신께 기도할래."

빅터가 무슨 소리냐는 표정을 짓기에 그는 말했다.

"살아 돌아가면 가장 먼저 뭘 하고 싶은지 말하라고 했잖아."

"아아, 응. 그랬지."

"그 대답. 돌아가면 신께 기도할 거야. 교회에 가서 기도할 거야. 그리고 말할 거야. 늦어도 한참 늦기는 했지만, 그래도 미소 지어 주신 일에 감사합니다, 라고."

그러고는 품안에서 대장의 목에서 뜯어낸 묵주를 끄집어냈다. 그것을 꼭 움켜쥔 채 크롤리도 하늘을 올려다보았다.

그리고,

"아아, 하느님…."

말했다.

그러자 빅터가 미소를 지으며,

"돌아가자. 우리들의 집으로."

"응."

크롤리는 고개를 끄덕였다.

그러고는 동료들에게 마지막 힘을 쥐어짜서 다미에타까지 전진하자, 라고 명령하려 했다.

하지만 그 순간,

"……."

크롤리는 묘한 것을 발견하고 말았다.

다미에타가 있는 방향이었다.

황야 한복판에서 웬 검은 옷차림의 남자가 천천히 이쪽으로 걸어오는 모습이 보였다.

남자의 피부는 갈색을 띠고 있었다.

아마도 이교도일 것이다. 하지만 무장은 하지 않았다. 빈손으로 이쪽을 가만히 쳐다보고 있었다.

"뭐야, 저건."

동료 기사들도 그 존재를 알아챘는지 그렇게 말했다.

"적인가? 우리를 쫓아온 건가?"

"그런 것치곤, 주변에 아무도 없잖아. 저 녀석 혼자 뭘 할 수 있다고."

"동료들과 떨어진 거 아냐?"

"하지만 그렇다면 왜 도망을 안 치는데. 이쪽으로 오고 있잖아."

그 말을 들은 크롤리는,

"다들 좀 조용히 해 봐."

하고 말했다. 그러자 모두가 입을 다물었다. 크롤리는 허리에 찬 칼에 손을 얹어 경계 자세를 취하고는 물었다.

"이봐, 너! 너는 누구냐?"

"……."

남자는 대답하지 않았다.

그저, 계속해서, 똑바로 이쪽으로 다가오고 있었다.

"이봐!"

"……."

"이봐! 우리 말 알아듣나?"

"……."

"그 이상 다가오지 마라. 다가오면 죽인다!"

크롤리는 허리에 찬 검을 뽑았다.

그러자 동료들도 일제히 검을 뽑았다.

그러자 남자가 고개를 들었다.

이상하리만치 아름다운 남자였다.

눈이 붉었다. 피처럼 붉었다.

남자는 새하얀 이를 드러내며 웃었다. 그 입에는 마치 짐승처럼 날카로운 이빨 두 개가 돋아나 있었다.

빅터가,

"저게, 뭐야."

말한 순간, 눈앞에 있던 검은 옷차림의 남자가 사라졌다.

"에…."

그 직후, 등 뒤에서 목소리가 들려왔다.

"우와?!"

크롤리는 뒤를 돌아보았다. 그러자 두 사람이 이미 죽어 있었다.

남자가 왼손으로 한 사람의 목을 으스러뜨리고 또 한 사람의 가슴에 오른손을 꽂아 넣고 있었다.

두 사람 모두 즉사했다. 축 쳐진 채 꼼짝도 안 했다.

"뭐야, 뭐냐고 이 자식은?!"

동료 기사가 외쳤다.

크롤리도 같은 심정이었다. 눈앞에 있는 남자의 움직임은 명백히 인간의 것이 아니었다. 움직임이, 모습이 보이지 않다니. 이건 뭔가 이상했다.

"이, 이 자시이이이이이이이익!"

동료 중 한 명이 검을 치켜들고 남자에게 덤벼들려고 하기에 크롤리는 외쳤다.

"그만둬!"

혼자서 싸워 이길 수 있는 상대가 아니었다.

하지만 이미 늦었다. 검이 남자의 목에 박히기 직전에 남자는 그것을 손가락 두 개로 막아냈다.

"뭣."

탄성을 내지를 새도 없이 남자가 손가락을 비틀었다. 그랬을 뿐인데 검이 마치 가느다란 나뭇가지가 부러지듯 간단히 부러지고 말았다.

"저건, 말도 안 되잖아."

옆에서 겁에 질린 목소리로 빅터가 말했다.

하지만 말도 안 되는 일이 일어났다. 방금 눈앞에서 일어난 일은 결코 꿈도 환상도 아니었다.

괴물이다.

인간이 아닌 다른 무언가가 눈앞에서 자신들을 공격하고 있었다. 그리고 저런 식으로 움직이는 괴물을 상대로 싸우는 방법은 배운 적이 없었다.

남자가 왼손을 가볍게 휘둘렀다. 그러자 검이 부러진 동료의 머리가 몸통에서 절단되어 날아갔다.

남자는 말했다.

"…약하군. 나는 약한 인간의 피는 싫은데. 좀 더 강한 녀석은 없나?"

그 말을 들은 크롤리는 외쳤다.

"모여! 혼자서 싸우지 마! 한 덩이로 뭉쳐서, 저 괴물을…."

그러자 남자는 이쪽을 보며,

"아아, 네가 가장 강한가 보군?"

말했다. 그러고는 또다시 모습이 사라졌다 싶더니 다음 순간에는 바로 눈앞에 서 있었다.

"크…."

손이 이쪽의 목을 향해 뻗어오기에,

"우, 오오오오오오오오오오오!"

크롤리는 검을 치켜 올렸다. 괴물의 목을 향해. 괴물은 그 검을 간단히 손날로 절단해 버렸다.

하지만 그렇게 되리라는 것은 알았다. 검이 부러질 것이라는 전제하에 크롤리는 검을 들었던 것이었다.

절단된 검의 남은 칼날을 밀어 넣을 요량으로 크롤리는 괴물의 목을 향해 돌진했다.

괴물의 눈이 다소 커졌으나 결국 검을 피했다.

"어이쿠, 너는 제법이구나. 하지만 그런 검으로는 나를…."

크롤리는 그 검도 버리고 괴물에게 달라붙어 억눌렀다. 그러고는,

"빅터! 이 녀석을 죽여어어어어어어어!"

외쳤다.

그러자 빅터와 동료 기사들이 일제히 괴물에게 검을 꽂아 넣었다.

등에 네 자루의 검이 꽂혔다.

해치웠다.

죽였다.

그렇게 생각했다.

하지만 남자는 그 상태로 미소를 짓더니,

"그래서?"

말까지 했다.

검이 네 자루나 꽂혔는데 아무렇지도 않은 표정이었다.

역시 인간이 아닌 것이다.

이 녀석은 인간이 아니다.

그렇다면 이제 승산은 없었다.

검을 꽂아도 죽일 수 없는 괴물을 무슨 수로 죽인다는 말인가.

끝장이다. 도망칠 수밖에 없다. 그러니,

"이봐, 빅터!"

사람들 데리고 도망쳐, 라고 말하려 했다.

하지만 괴물은 씩 웃으며,

"아니, 안 놓쳐. 목격자는 다 죽여야 하거든. 너는 메인디시로 남겨둘 테니까 여기서 잠깐 기다려."

그런 소리를 했다.

크롤리는 그 말을 듣고 뒤를 돌아보며 '도망쳐!' 라고 외치려

했다.

하지만 뒤를 돌아봤을 때는 이미, 자신이 붙잡고 있었을 터인 괴물이 그곳에 나타난 상태였다.

그리고 동료 기사의 머리를 붙잡아 목을 비틀었다.

가슴에 팔을 꽂아 넣어 심장을 도려냈다.

"그만."

크롤리는 말했다.

동료들이 살해당하는 모습을 보며,

"그만하라고!"

그렇게 외쳤다.

왜 이렇게 되는 것이라는 말인가.

겨우 살아남았는데. 온갖 희생을 치르고 겨우 여기까지 왔는데. 도시가, 다미에타가, 코앞인데.

돌아갈 수 있다고 생각했는데.

살아서 돌아갈 수 있다고 생각했는데.

그런데 지금 자신의 눈앞에 펼쳐진 광경은 대체 무엇이란 말인가.

동료가 또 한 명 죽었다. 살아 돌아갈 수 있었던 동료가 살해당했다.

그리고 괴물이 빅터를 쳐다보았다. 빅터가 검을 치켜들었다.

"안 돼! 빅터!"

크롤리는 외쳤다. 하지만 그 목소리에도 의미는 없었다.

남자가 손을 휘둘렀다. 그 동작만으로 빅터의 두 팔이 맥없이 절단되어 허공을 날았다.

"앗…."

빅터의 입에서는 그런 소리만 나왔다. 그는 이쪽을 쳐다보았다. 어쩌면 되냐며, 도움을 구하는 듯한 표정으로. 그것을 본 크롤리가 뛰쳐나가려 하자,

"오지 마!"

빅터는 말했다.

말함과 동시에 남자가 빅터의 목을 물었다. 날카롭게 뻗은 이빨을 목에 깊숙이 꽂아 넣더니 쪽쪽, 소리를 내며 무언가를 빨았다. 꿀꺽꿀꺽, 하는 소리가 목에서 났다. 아무래도 피를 마시는 것 같았다.

이 녀석은 피를 마시는 괴물인 것이다.

"아, 아, 아…."

빅터는 그런 소리를 내더니 땅바닥에 떨어졌다.

그로써 그는 죽었다.

맥없이 죽고 말았다.

빅터가.

기사단에 입단하고서 계속 함께 지내온 동료가 죽었다.

그리고 그것을 크롤리는 멍하니 쳐다보고 있었다.

역시나 마지막 순간까지 이쪽에게 미소를 지어 주지 않는 신의 모습을.

끝끝내 피를 빠는 괴물을 파견하기까지 한, 잔혹하기 그지없는 신의 모습을 멍하니 쳐다보고 있었다.

그러자 괴물이 목덜미를 붙잡아 억지로 일으켜 세웠다. 하지만 더 이상은 온몸에 힘이 들어가지 않았다. 땅을 딛고 일어설 기력은 물론이고 살아갈 기개까지도 빨려 나간 것만 같았다.

남자가 말했다.

"기다렸지? 자아, 네 피를 마셔 볼까."

크롤리는 멍하니 남자를 쳐다보았다. 이제 공포는 느껴지지 않았다. 신의 사랑이라는 것이 말라붙어 버린 듯한 이 세상을 보고 있자니, 살아갈 의욕이 싹 사라지는 것만 같았다.

그래서 그는 말했다.

"…죽여."

그러자 남자는 다소 시시하다는 표정을 지었다.

"저항하지 않는 인간의 피를 빠는 건 재미없는데. 인간의 피는 분노로 가득할 때가 제일 맛있다고."

무슨 상관이람. 이 녀석의 정체가 무엇인지는 모르겠지만,

이제는 모든 것이 아무래도 좋아졌다.

그런 생각을 하던 중에 남자가 입을 벌렸다. 그 입에 이빨이 돋아 있었다. 이빨이 자신의 목에 꽂혔다. 쪽, 쪼옥. 자신의 안에 있는 생명 같은 것이 빨려나가는 것이 느껴졌다. 생명을 빨리고 있자니, 죽음을 느끼고 있자니, 어째서인지 커다란 쾌락 같은 것이 느껴졌다.

"아, 아…."

자연스럽게 목소리가 새어나왔다.

동공이 풀렸다.

하늘이, 태양이 너무도 눈부셨다.

피투성이가 된 전장 위에.

심지어 겨우 살아남았다 싶었던 마지막 순간에 괴물이 나타나 동료들을 모두 죽여 버린, 부조리한 전장 위에 펼쳐진 그 하늘은 너무도 푸르고 아름다웠다.

"…아아, 그래. 이건 꿈이구나."

현실이라기에는 이상하잖아. 크롤리는 생각했다.

분명 꿈일 것이다.

이런 괴물이 있을 리가 없으니.

자신들은 사실 전투에서 패해 죽은 것이리라.

그리고 죽기 직전에 이런 악몽을 꾸고 만 것이리라.

아니, 아니면, 전쟁에 나설 생각을 하니 겁이 난 자신이 꿈을 꾸고 있을 가능성도 있지 않을까?

식당에서 다 같이 난리법석을 피워댄 뒤, 과음한 탓에 꾸고 만 악몽.

그렇다면 빨리 깼으면 좋겠다.

눈을 뜨면 빅터가 또 바보 같은 소리를 해 줄 것이다. 구스타보가 베베 꼬인 소리를 해대면 로소와 알프레드 대장, 동료들이 평소처럼 미소를 지어줄 것이다.

아아, 그러면 좋으련만.

그랬으면 좋으련만.

크롤리는 의식이 멀어져 가는 것을 느꼈다.

멀리서 목소리가 들려왔다.

꿈의 저 멀리에서, 희미하게, 누군가가 말하는 목소리가 들려왔다.

그것은 천사의 목소리일까.

아니면, 지옥에 사는 악마의 목소리일까.

◆ ◆

"…뭐어, 일단 죽이지 말아봐, 로…."

"…뭐야. 왜 네놈이 여기 있지."

"아하아. 자자, 그보다 그는 미카엘라라고. 그러니까."

"……."

"그러니까… 당신 손에 죽게 두지 않을 거야."

◆ ◆ ◆ ◆

"……십시오."

또다시, 목소리가 들렸다. 하지만 그것은 조금 전에 비해 상당히 또렷한 목소리였다.

"…눈을, 눈을 뜨십시오! 크롤리 님! 크롤리 님!"

그 목소리에 크롤리는 얼굴을 찌푸렸다.

"…으음."

눈을 가늘게 떠 보았다.

눈부신 햇살. 지독한 두통. 아무래도 잠이 들었던 모양이다.

눈을 뜨니 지르베르그가 눈앞에 있었다. 그는 이쪽을 보며 외쳤다.

"다, 다행이야. 살아있어! 이봐들, 크롤리 님께서 눈을 뜨셨다!"

그러자 목소리가 들려왔다.

동료들의 목소리였다.

"저, 정말?!"

"괜찮은 건가!"

그런 목소리였다.

아아, 동료들이 살아있어. 그렇게 생각했다. 그렇다면, 역시 그건 꿈이었던 것이다. 그 괴물은 꿈속의 존재였던 것이다.

크롤리는 지르베르를 올려다보며 말했다.

"…지르베르."

"네."

"…나는, 지독한 악몽을 꾸고 있었어."

"그 악몽은 끝났습니다!"

"정말로 지독한 꿈이었어. 대장이 죽고, 구스타보 선배랑, 빅터까지, 이상한 괴물 손에 죽고…."

"…크롤리 님. 더는, 더는 말씀하시지 마십시오. 안색이 안 좋습니다. 출혈도 심하고요."

"아니, 괜찮아. 이제 정신은 들었어…. 일어날게."

크롤리는 상체를 일으켰다.

악몽에서 빠져나오고자 일어나 눈을 크게 떴다.

눈에 들어온 곳은 역시나 같은 장소였다.

다미에타가 코앞인 장소.

거기에 피로 된 바다가 만들어져 있었다.

그는 동료들의 피로 얼룩진 땅 한복판에서 잠들어 있었던 모양이었다.

그리고 눈앞에는 빅터가 쓰러져 있었다.

마치 도움을 구하는 듯한 표정으로 이쪽을 본 채 죽어 있었다.

그리고 그 빅터 앞에 묵주가 떨어져 있었다. 대장의 묵주였다.

하지만 그 묵주는 누구도 지켜 주지 않았다. 온 것은 신이 아니었다. 악마들뿐이었다.

크롤리는 그것을 바라보며,

"……."

가만히 바라보며 말했다.

"…이제, 됐어. 지긋지긋해. 이딴 악몽은 필요 없어."

"크롤리 님."

"웃기지 마. 대체 이게, 뭐야! 뭐냐고! 너는 뭐가 하고 싶은 건데! 이게 대체, 무슨 벌이냐고!"

그렇게 외쳤다.

하지만 대답은 없었다.

그저 푸르른 하늘이 펼쳐져 있을 뿐 신은 답이 없었다.

그러고 있자 대장의 묵주를 주워든 지르베르가 말했다.

“크롤리 님, 진정하십시오.”

“시끄러워.”

“신은, 신은 계십니다.”

“시끄러워, 닥쳐!”

“그리고 신께서는 당신을 살려주셨습니다. 당신께, 살라고….”

“닥쳐닥쳐닥쳐! 그만 좀 닥치라고!”

고함을 쳤다.

그러자 지르베르는 입을 다물었다.

크롤리는 일어섰다. 천천히 빅터 곁으로 다가가 무릎을 꿇었다. 손을 뻗어 아직도 뜨여 있는 그의 눈을 살며시 감겨주었다. 그는 아직 따뜻했다. 하지만 죽었다. 이제 웃지 않을 것이다. 바보 같은 소리도 해 주지 않을 것이다. 두 번 다시 일어나지 않을 것이다.

“…미안, 빅터. 한심하게도, 나만 살아남았어.”

그러자 또다시 등 뒤에서 지르베르가 말했다.

“아뇨, 크롤리 님. 당신 덕분에 많은 기사들이 목숨을 건졌습니다.”

“…….”

"당신은 신이 선택하신 기사입니다."

지르베르는 그를 두고 신이 선택한 기사라고 했다. 하지만 도저히 그렇게 생각할 수가 없었다. 도저히 자신이 신의 사랑을 받고 있다고 생각할 수가 없었다. 사랑이 느껴지기는커녕 그의 마음속에서는 당장이라도 신이 사라져 버릴 것만 같았다.

하지만 그래도 그는 말했다.

"…지르베르."

"네."

"빅터와 다른 기사들을 위해 다 같이 기도하라고 전해줘. 그들이 천국에서, 신의 사랑을 받으며, 행복하게 웃을 수 있게 해 달라고."

크롤리는 기도했다.

빅터를 위해. 구스타보를 위해. 로소를 위해. 대장을 위해.

죽어간, 모든 동료들을 평안하게 해달라고 진심을 담아 신에게 부탁하기 위해 눈을 감고 기도를 바쳤다—.

하지만 그 이후, 그는 기도를 그만두었다.

◆ ◆ ◆

크롤리의 이야기를 페리드는 흥미진진하다는 듯 가만히 듣고 있었다.

이야기하는 동안 몇 번이나 와인이 잔에 채워졌고, 상당히 취해 버린 것도 같았다. 그런 탓인지 이야기하지 않아도 될 것까지 이야기해 버린 것 같았다.

페리드는 이쪽을 쳐다보며 얼마간 생각에 잠긴 듯한 표정을 짓더니 입을 열었다.

"…다시 말해, 너는 전장에서 피를 빠는 괴물을 봤다 이거야?"

크롤리는 고개를 끄덕였다.

"…응. 뭐어, 궁지에 몰린 상태였으니, 그건 꿈이나 환상 같은 것이었을지도 모르지만."

"뭐어, 만약 그게 진짜 괴물이었다면 그건 뭐였을 것 같아?"

"모르겠어."

"이번 범인이랑 같은 녀석일까?"

페리드가 안이 텅 빈, 은으로 된 바늘을 테이블 위에 올려놓았다.

크롤리는 그것을 보았다. 하지만 그 전장에서 보았던 괴물은 그런 귀찮은 짓은 하지 않았다. 아니, 할 필요가 없었다. 좌우간 너무도 빨라서 그 움직임 자체를 좇을 수조차 없는, 진짜 괴

물이었으니. 그러니,

"아마 아닐 거야."

크롤리가 답하자 페리드는 이상하다는 듯 말했다.

"왜 그렇게 생각하는데?"

"그건 역시 환상이었을 거야. 그런 괴물이 있을 리가 없어."

"모를 일이야. 세상에는 온갖 괴물들이 다 있으니까."

"그러면, 너는 다른 괴물을 본 적이 있어?"

"응. 예를 들자면 귀여운 여자를 보내줘, 라고 했는데 이렇~게 뒤룩뒤룩 살찐 노파가 나왔을 때라든지."

"그런 뜻이 아니잖아."

"하하하."

페리드는 즐거운 듯 웃더니, 다시 은으로 된 바늘을 집어 빙글빙글 돌리며 장난을 쳤다.

"그래서 너는 그 이후 템플 기사단을 멀리한 거야?"

"……."

"신앙심을 잃은 거야?"

그 물음에 크롤리는 대답했다.

"너 설마, 이단심문관은 아니겠지? 잃었다고 대답하면 내일 당장 화형에 처해지는 거 아냐?"

그러자 페리드는 씩 웃으며 말을 받았다.

“그렇지. 신을 믿지 않는 자는 모두 죽어 마땅해. 자아, 어떤 식으로 구워 줄까?”

“타 죽기는 싫은데에. 괴로울 것 같아. 죽일 거면 목을 쳐 줘.”

“뭐, 내가 이단심문관이라면 간음이건 악마숭배건 부도덕이건 몽땅 다 용서해 버려서, 이 세상이 훨씬 살기 좋아질 테지만 말이야.”

그런 소리를 하며 싱글벙글 웃었다. 맞는 말이었다. 이런 변태적인 저택에 사는 녀석이 이단심문관일 리가 있나.

크롤리는 물었다.

“너야말로 신을 안 믿는 거야?”

“글쎄. 적어도 본 적은 없어. 너는 있어?”

“아니.”

“하지만 흡혈귀는 봤다 이거군.”

“…….”

“그래서 신앙심을 잃은 거고.”

크롤리는 목에 건 묵주로 손을 뻗으려다 페리드가 이쪽을 보고 있음을 떠올리고는 그만뒀다.

하지만 그는 이번에도 알아챈 모양인지 싱글벙글 즐거운 표정으로 이쪽을 보고 있었다.

그로부터 얼마간 침묵이 이어졌다.

이야기를 하느라 다소 지친 것일지도 모른다. 밤도 상당히 깊어졌고.

"그럼, 나는 슬슬 돌아갈게."

그렇게 말하자 페리드가 말했다.

"어딜 가겠다는 거야. 원래부터 오늘은 묵게 할 생각이었다고. 방도 준비해 뒀어. 여자도."

하지만 크롤리는 웃으며 고개를 가로젓고는 자리에서 일어섰다.

"그렇게까지 신세를 지기는 미안해서. 너와는 오늘 막 만난 사이잖아."

"네 종기사 군은 벌써 자고 있는걸?"

"그건 미안하게 됐어. 그를 잘 부탁해."

"흠. 뭐어, 상관은 없지만 말이야."

페리드도 자리에서 일어나 그대로 현관으로 바래다주었다.

문을 여니 밖은 완전히 깜깜했다. 페리드가 불을 밝힌 손등을 준비해 주었다.

"내일 돌려받으러 갈게."

"우리 집은 알아?"

"조제 군한테 물어보면 되지."

"그렇군. 그럼, 내일 보자고."

"응. 내일 봐. 아아, 크롤리 군."

"왜?"

"오늘은 너와 이야기할 수 있어서, 아주 즐거웠어."

페리드가 빙긋 웃으며 그런 소리를 해 왔다.

그 말에 크롤리는 고개를 끄덕였다. 확실히 자신도 즐거웠던 것 같았다. 그렇게 느낀 것은 그 전장에서 돌아온 이후 처음이었다. 좌우간 누군가에게 그때의 일을 이야기한 것 자체가 처음이었으니.

그래서 말했다.

"그래, 나도 즐거웠어."

"정말?"

"응."

"그거 다행이네. 그러면 밤길 조심해. 흡혈귀한테 습격 받지 않도록."

그런 소리를 하기에 크롤리는 웃었다.

"발견하면 퇴치해둘게."

"아하하."

"그럼, 이만."

"응."

그리고 크롤리는 페리드의 저택을 뒤로 했다.

◆ ◆ ◆

다음 날.

크롤리는 늦잠을 자고 말았다.

"선생님! 크롤리 선생님! 일어나십시오!"

"음?"

"다들 모여 있습니다."

검술을 배우러 온 학생들이 그를 깨웠다. 아직 잠이 덜 깬 눈을 비비며 훈련장으로 나가보니 학생들은 이미 정렬을 마친 상태였다. 어제 반항적인 태도를 보였던 요셉이 제일 앞줄에서 직립부동 자세를 취하고 있었다. 그는 이쪽을 본 채 눈빛을 빛내며,

"어, 어제는 실례가 많았습니다! 오늘부터 다시 잘 부탁드리겠습니다!"

그런 소리를 했다.

크롤리는 그것을 듣고 쓴웃음을 짓고는 수업을 시작했다. 수업이라 한들 기초부터 다져야 했다. 품새를 가르치고 그것을 유지하는 연습. 대장이 자신에게 가르쳐 주었던 것과 같은 내용이었다.

다들 어제와는 비교도 안 될 정도로 열심이라 살짝 진지하게 가르쳐 볼까 하는 생각이 들었다.

하지만 그 때, 훼방꾼이 끼어들었다.

“여어~ 크롤리 군.”

페리드의 목소리였다.

“열심이네~”

학생들을 보며 그런 소리를 했다.

학생들의 손이 멈췄기에 계속하라고 명령했다.

그러자 페리드가 바로 옆까지 다가와서는 학생들 흉내를 내며 검을 휘두르는 자세를 취했다.

“이렇게 하는 건가?”

라고 하기에,

“완전 글러먹었어.”

라고 가르쳐 주었다.

“어라, 아니야?”

“완전 글러먹었어. 무진장 엉거주춤한걸.”

“아하하, 글러먹었다 이거지이? 하지만 그러면 너한테 나중에 특별 훈련이라도 부탁해 볼까.”

“의욕도 없는 주제에. 게다가 너한테는 필요 없잖아. 남아도는 돈으로 경호원을 몇 명이든 쓸 수 있으니.”

“응. 네 말이 맞아. 그럼 너를 쓸게. 좌우간 이제 곧 무서워서 몸이 벌벌 떨릴 지경인 흡혈귀를 퇴치하러 가야만 하니까. 오후에는 조금사에게 같이 가 줄 거지, 응?”

그렇게 말했다.

하지만 그 말을 들은 크롤리는 페리드에게서 시선을 떼어 품새 연습을 하는 학생들을 쳐다보며 말했다.

“그거 말인데, 페리드 군. 역시 난 관둘까 싶어.”

“에? 어째서?”

“이래봬도 난 바쁜 사람이거든.”

“늦잠 잤으면서?”

“어라, 봤어?”

“응.”

“뭐, 늦잠은 잤지만 이래저래 바쁘다고.”

페리드가 웃으며 학생들 쪽으로 고개를 돌렸다.

그렇게 얼마간 품새 연습을 지켜보던 그는 입을 열었다.

“그래서 진짜 이유는 뭐야?”

크롤리는 그 물음에 대답했다.

“…어차피 흡혈귀 같은 건 존재하지 않을 거야.”

그러자 페리드가 이쪽을 올려다보며 말했다.

“전장에서 본 녀석과는 명백히 다른 것 같아서 관심이 없어졌어?"
"…전장에서 봤던 그것도 꿈이나 환상일 거야."
"그래애? 그런 것치고는 꽤나 생생하게 들리던데."
"취해서 헛소리가 튀어나온 거지."
그 일은 다소 후회하고 있었다. 이야기해서는 안 될 이야기를 잔뜩 하고 말았다.
만약 그 이야기가 이단심문관 귀에 들어가면 그는 처형당할 것이다.
"어쨌든, 나는 이 일에서 빠질래. 페리드 군도 뒷일은 템플 기사단한테 맡겨두도록 해. 그들이라면 해결할 수 있을 거야."
"하지만 만약 이게 진짜 흡혈귀와 연관이 있는 사건이라면…."
그 말을 가로막고,
"말도 안 되는 소리."
말했다.
그러자 페리드가 말을 그쳤다. 그러고는,
"그러면, 우리의 즐거운 흡혈귀 퇴치 이야기는 이걸로 끝이려나."
"그래."
"우리 관계도?"

그 말에 크롤리는 페리드에게 시선을 옮기며 말했다.

"뭐 대단한 관계라고. 어제 막 만났으면서."

그렇게 말하자 페리드는 다소 서운한 듯한 미소를 지었다.

그러던 참에 또 다른 목소리가 들려왔다.

"크롤리 님!"

조제의 목소리였다. 아주 사색이 되어 달려오고 있었다.

어제 술에 취해 여자와 함께 페리드의 저택에서 잔 것을 사죄하러 온 것일까.

옆에 있는 페리드에게 물었다.

"오늘 아침에 조제는 어때 보였어?"

"네가 먼저 돌아갔다고 하니 가엾다는 생각이 들 정도로 얼굴이 창백해졌어."

"하하."

역시 그 일을 사죄하러 온 것이리라.

"크롤리 님!"

조제가 다시 한 번 외치며 눈앞으로 달려왔다.

"저, 저기, 크롤리 님, 저기…."

허억허억, 어깻숨을 쉬며 말을 하려 하기에 크롤리는 그를 달래 주었다.

"좀 진정해. 물이라도 마실래?"

“아, 아니요, 저기, 저기, 드, 들어 주십시오.”

“들어 줄게. 근데 나 딱히 화 안 났어. 그러니 네가 무언가를 사죄할 필요는….”

하지만 조제가 그의 말을 자르고 말했다.

“아, 아닙니다. 사건이, 사건이 일어나서….”

그는 울 것만 같은 표정으로 그렇게 말했다.

“사건? 대체, 무슨 일이 일어났는데?”

“템플 기사단 관사에서 지르베르 님이… 지르베르 님이, 살해당하셨는데.”

“뭐?”

“피가, 피가 전부, 뽑혀 있어서….”

그것은 최악의 보고였다.

조제가 울 것만 같은 표정으로 말했다.

“크롤리 님. 다들 당신이 돌아오시기를 기다리고 있습니다.”

그 말을 들은 크롤리는 고개를 들었다.

◆

템플 기사단 관사는 떠들썩했다. 그럴 만도 했다. 상급 기사 중에서도 차기 마스터 후보라 일컬어지던 지르베르가 살해당했으니.

크롤리는 그 안으로 들어갔다. 모든 이가 그를 보더니 입을 다물고는 길을 텄다.

그가 지르베르와 친했다는 사실을 알기 때문인지. 아니면 그 전쟁 후, 이곳에는 얼씬도 하지 않았던 귀한 손님의 등장에 당황한 것인지.

조제가 안내해 준 곳은 관사 안에 자리한 기도실이었다. 커다란 십자가가 놓여 있는 방이다.

지르베르는 그곳에 죽어 있었다.

또다. 또 죽어서는 안 될 사람이 죽었다. 지르베르는 그 누구보다도 성실하게 신을 믿었다.

그런데 그는 십자가 아래서 죽어 있었다.

"…지르베르."

크롤리는 그의 이름을 중얼거렸다. 커다란 상실감이 느껴졌다. 신앙심을 잃었다고 생각했는데 자신은 아직도 신을 믿고 있었음을 새삼 깨달았다.

이 우수하고 성실하고, 동료를 끔찍이 아끼던 동료만은 신께서 지켜 주시기를 바랐던 것이다.

하지만 지르베르는 죽었다.

신의 이름 아래서 부조리하게 살해당했다.

"…젠장."

시체는 아직 수습되지 않았다. 곧 현장에 남은 단서를 찾는 등, 조사가 시작될 것이다.

크롤리는 웅크려 앉아 지르베르 옆에 무릎을 꿇었다. 부드러운 금발머리를 살며시 어루만지고는 천천히 고개를 이쪽으로 돌렸다. 눈이 부릅떠져 있었다. 공포에 질린 눈이. 대체 죽음의 기로 앞에서 무엇을 본 것일까.

신이 아니라는 것은 분명했다.

"너는 마지막 순간에 뭘 본 거냐? 지르베르."

대답은 없었다.

"말 좀 해 봐. 그러면 내가 네 원수를 갚아주마."

역시나 대답은 없었다.

그는 죽은 것이다.

목에 이빨로 낸 듯한 상처 두 개가 나 있었다. 마치 흡혈귀가 물기라도 한 듯한 자국. 빅터의 목에 있었던 것과 같은, 물린 자국이었다.

그것이 이번에 창부를 죽인 자가 낸 것인지, 아니면 다른 무언가의 짓인지는 알 수 없었다.

하지만.

"……."

등 뒤에서 목소리가 들려왔다.

"저기, 크롤리 군."

페리드의 목소리였다. 대담하게도 그의 뒤를 따라 함께 들어온 것이다. 페리드는 실내에 들어오자마자 길게 째진 눈을 가늘게 뜨고서 주변을 빙 둘러보더니,

"…과연. 옳거니. 이거 굉장한걸."

묘하게 즐거운 말투로 말했다.

그에게는 이런저런 것들이 보이는 모양이었다. 그는 머리가 좋고 관찰력도 뛰어났다. 자신은 알아채지 못한 것들을 알아챈 것이리라.

크롤리는 물었다.

"뭔가, 알아챈 거라도 있어?"

하지만 페리드는 웃기만 할 뿐 대답해 주지 않았다.

"저기, 페리드 군."

"왜 불러, 크롤리 군."

"알아챈 게 있으면 가르쳐 줘."

그러자 페리드는 몹시도 능글맞게 빙긋 웃더니 말했다.

"하지만 어제 막 만난 타인인 너한테 뭔가를 나불나불 떠들어대기는 싫은걸."

아무래도 조금 전 크롤리가 했던 말을 되갚아 주려는 모양이

었다. 그 말에 살짝 상처를 받은 것일까.

이런 상황에서 그런 소리를 하는 페리드의 경솔한 태도를 보고 있자니 크롤리는 저도 모르게 쓴웃음을 지었다.

"지금은 그런 놀이에 어울려 줄 만한 심경이 아니니까, 괴롭히지 말고."

그러자 페리드는 또다시 웃으며 말했다.

"좋아. 괴롭히는 건 나중에 할게."

"그래서, 범인은 누구야?"

"음~ 이건 아마도 이런저런 것들이 얽히고설켜서 한마디로 대답할 수가 없을 것 같은데에. 하지만 그보다 그걸 알아내면 너는 어쩔 거야?"

"어?"

"우리의 즐거운 흡혈귀 퇴치는, 끝났다며? 그럼 범인 같은 걸 찾을 필요는 없을 것 같은데."

"그건…."

말을 흐리자 페리드가 앞으로 나아갔다. 십자가 앞에 서서 이쪽으로 몸을 돌렸다. 채광창에서 쏟아진 빛이 십자가, 그리고 그 아래 서서 요염하게 웃는 남자를 비추었다.

이런 식으로 묘하게 그림이 되는 남자였다. 그는 마치 다음에 크롤리가 무슨 생각을 할지, 무엇을 하고 싶어할지, 모든 것을 꿰뚫어보는 듯한 눈으로 이쪽을 바라보고 있었다.

크롤리는 십자가와 그 아래 선 퇴폐적인, 쾌락주의자의 모습을 바라보며 말했다.

"…아아, 망할. 알았어. 내가 잘못했어. 할게."

"뭐를?"

"흡혈귀 찾기."

그러자 페리드가 빙긋 웃으며 말했다.

"그 말은 내가 꼭 붙어 따라와 줬으면 한다는 뜻이려나?"

"…부탁하지 않아도 너는 따라올 거잖아?"

하지만 페리드는 미소를 지은 채,

"아니, 부탁 안 하면 싫은데."

벌써 괴롭히기를 재개하기로 한 모양이었다.

하지만 확실히 그의 힘이 필요하기는 했다. 피를 빠는 이상한 범죄자를 쫓으려면 페리드와 같이 다소 이상한 인간의 힘이 필요했다.

게다가 그 전장에서 만났던 흡혈귀에 관한 이야기는 그에게밖에 한 적이 없었다.

그렇다면 그의 힘이 필요했다. 만약 흡혈귀 같은 것이 실재해서 그것을 발견해 복수든 뭐든 하려면 그를 곁에 둘 필요가 있었다.

그런 생각을 하고 있자 페리드는 마치 크롤리의 마음을 꿰뚫어보기라도 한 듯 하얗고 가녀린 손을 이쪽으로 내밀며 말했다.

"그럼 부탁해. 나한테. 같이 있어달라고."

"……."

"그리고 아까, 어제 막 만났으면서, 라고 했던 것도 사과하고."

역시 상처받았던 모양이다. 그 말을 들은 크롤리는 쓴웃음을 지었다. 그러고는 페리드가 내민 손을 바라보며 입을 열었다.

"그럼, 부탁할게. 같이 가 줘, 페리드 바토리."

그러자 페리드가 미소를 지으며 말했다.

"아하. 좋아아. 나 원, 가고 싶지는 않지만 별 수 없지, 뭐."

그렇게 말하며 웃었다.

그렇게 흡혈귀 퇴치가 시작되었다.

종말의 세라프
Seraph of the end

Seraph of the end

Story of
vampire Michaela

막간 미카엘라를 쫓는 이야기

"아아, 잠깐 있어 봐, 크롤리 군. 이 이야기, 잠시 중단했다 계속해도 될까?"

페리드 바토리는 손가락을 하나 세우며 말했다.

그곳은 고요한 도서실이었다.

700년 전부터 알고 지낸 남자에게로 눈길을 돌렸다.

"응?"

크롤리 유스포드가 고개를 들었다. 그는 당시 아직 순수했고 신을 믿었으며, 강하고 아름다웠던 데다 흡혈귀도 아니었다.

지금은 어디를 어떻게 보아도 흡혈귀지만—.

"왜 그래?"

"볼일이 있어."

"볼일? 흠. 뭐어, 나는 내 추억담 같은 데 관심이 없으니 상관은 없지만."

"아니아니, 오늘밤에 이어서 얘기하자고. 네가 흡혈귀가 되는 부분이 나는 제일 좋거든."

"흠."

크롤리는 고개를 끄덕이고는 근처에 있던 책장에서 책 한 권을 꺼냈다. 그곳은 성서 코너였다. 온갖 나라의 언어로 적힌 성서가 놓여 있었다. 집어든 것은 라틴어판. 그는 신앙을 잃은지 오래였지만 추억담을 늘어놓다보니 신이 그리워진 것일까.

크롤리는 성서를 펼치며 말했다.

"그럼 오늘밤은 또 그날처럼 와인이라도 마시며 옛날 얘기나 할까?"

페리드는 미소 지은 채 말했다.

"좋은걸. 뭐, 이제 우리는 와인을 마실 수 없지만."

피가 아니면 받아들이지 못하는 몸이 되고 만 탓이다.

성서를 보던 크롤리가 이쪽을 흘끗 쳐다보며 말했다.

"'우리는'? 너는 그날도 와인 안 마셨잖아?"

물론 피였다. 와인을 마지막으로 마신 것이 대체 언제였을까.

크롤리가 물었다.

"너는 대체 언제부터 흡혈귀였어? 나는 오히려 네가 흡혈귀가 된 이야기에 흥미가 있는데."

"나한테 흥미가 있다고?"

"너 같은 변태가 어떻게 태어났을까, 하는 거에 흥미가 있어. 너도 처음부터 흡혈귀는 아니었을 것 아냐?"

"아하."

페리드는 웃었다. 자신이 어떻게 태어났는지. 어떻게 흡혈귀가 되었는지. 그 이야기를 하는 것도 좋겠지만 오늘 볼일이 우선이었다.

결국 크롤리 유스포드도, 페리드 바토리도 '미카엘라'라는 이름의 이야기에 휘말려든 피해자이기에….

그리고 오늘은 그 미카엘라라는 이름을 지닌 소년과 접촉하는 날이었다. 그래서,

"뭐어, 밀린 이야기는 이따 밤에 하자. 오래 묵은 와인을 준비해둘게."

"아니, 피로 해 줄래?"

크롤리의 말에 페리드는 미소를 짓고서는 도서실을 뒤로 했다.

◆ ◆ ◆

페리드 바토리의 저택을 올려다보던 미카는 긴장감으로 자신의 다리가 떨리고 있다는 것을 알아챘다.

다리를 몇 번인가 주물렀다.

"…괜찮아. 나는 괜찮아."

그렇게 자기 자신을 타일렀지만 소문에 의하면 페리드라는 이름을 지닌 흡혈귀 귀족의 저택에 출입하던 어린애가 갑자기 행방불명되는 일이 있다고 한다. 살해당한 것인지, 아니면 뭔가 다른 이유가 있는 것인지는 알 수 없었지만 가축 한 마리가 없어진들 이곳에서는 별 문제가 되지 않는다.

"…괜찮아. 나는 잘 할 수 있어."

저택의 커다란 문을 두드렸다. 그 소리가 안까지 들렸을지 어땠을지는 알 수 없었지만 문이 열리더니 그를 안으로 맞아들였다.

저택은 그림책과 동화에서나 나올 법한 호화찬란한 곳이었다.

몇몇 아이들이 그곳에서 일하고 있었고 그 중 한 소녀가 미카를 쳐다보며 말했다.

"네가 오늘 온다는 신입이야?"

"아, 네. 아마도."

"오늘부터 여기서 사는 거야?"

"아뇨, 그런 건 아닌데."

"아아, 페리드 님이 특별히 마음에 들어 하신 애구나. 그럼 안으로 가자. 안내할게."

"…고맙습니다."

자신보다 나이가 많은 소녀의 안내로 저택 안으로 들어갔다. 몇몇 방에서 아이들이 놀고 있었다. 그곳에는 아이들이 좋아할 법한 장난감이 잔뜩 굴러다니고 있어서 유우와 아카네, 햐쿠야 고아원 아이들을 데려와 주고 싶다는 생각이 들었다.

만약 이곳이 위험한 곳이 아니라면.

그것을 충분히 확인하고 나서.

저택 안으로 들어가자 창문을 통해 정원으로 빠져나갈 수 있는 방이 있었다.

그 창문을 통해 정원으로 나갔다.

정원에는 형형색색의 꽃들이 심어져 있었다.

이 햇볕이 들지 않는 지하세계에 오고서 꽃을 본 것은 처음이었다. 미카가 순간적으로 그 아름다움에 눈을 빼앗겨 있던 중에 소녀가 말했다.

"페리드 님."

"……."

"페리드 님. 손님을 모셔왔습니다."

"응~?"

목소리가 들려왔다.

미카가 보고 있던 화단 속. 한 아름다운 남자가 꽃 속에서 상체를 일으켰다.

요염하고 붉은 눈동자가 이쪽을 쳐다보았다.

“여어, 왔구나. 내 저택에 온 걸 환영해.”

그 입가에서는 붉은 피가 흐르고 있었다.

방금 전까지 피를 마시고 있었던 것이다. 화단 속에서 소년이 일어났다. 그 목에 피가 배어나 있었다. 소년은 이쪽을 발견하더니 어째서인지 다소 부끄러운 듯 목을 가렸다.

“저기, 저는….”

소년이 그렇게 말하자 페리드는 그쪽을 보지 않고 대답했다.

“그만 가도 돼. 저택에서 마음에 드는 걸 가져가도록 해.”

“가, 감사합니다!”

소년은 그렇게 말하며 달려 나갔다. 아무래도 그런 시스템인 모양이었다.

페리드에게 피를 제공하면 그 대가로 저택에 있는 것을 가지고 돌아갈 수 있다.

페리드는 미카를 이곳에 데리고 온 소녀에게 눈짓을 했다. 소녀도 물러났다.

미카만 남았다.

그래서 미카는 입을 열었다.

“저기, 여기 오면, 페리드 님이 이것저것 우대해 주신다고 들었는데요."

페리드는 그런 미카의 모습을 마치 값이라도 매기듯 쳐다보더니 미소를 지었다.

"응. 내 마음에 들면."

그렇다면 반드시 마음에 들 필요가 있었다. 그러지 않으면 아무것도 바뀌지 않을 테니.

그곳에서의 생활은 너무도 처참했다.

햇볕이 들지 않는 세계.

잔반 같은 식사.

그저 피를 빨릴 뿐인, 미래가 전혀 보이지 않는 나날.

이대로 가면 그곳에서 아이들의 마음이 죽어 버릴 것이다. 유우는 언젠가 흡혈귀를 날려 버리겠다고 말하고 있지만…. 그리고 지금은 다들 그것을 믿고 있지만…. 하지만 그것은 불가능한 일이다. 언젠가는 불가능한 일이라는 것을 다들 알게 될 것이다. 아이들의 마음에 깜깜한 어둠과 절망이 드리울 것이다. 그렇게 되기 전에 뭐든 좋으니. 희미하게나마 앞날에 희망 같은 것을 밝혀줘야만 했다….

미카는 최대한 밝은 표정으로 말했다.

"어떻게 하면 페리드 님이 저를 마음에 들어하실까요!"

"으~음. 뭐어, 벌써 살짝 마음에 들었는데. 그 푸른 눈. 그리

고 예쁜 금발머리. 그거 진짜 머리야?"

"아, 네. 그럴 거예요. 염색한 적은 없어서."

"어디 출신인데?"

"일본이요."

"그럼, 일본인?"

"아뇨."

"뭐어, 어느 나라 사람이든 상관없지만. 이름을 물어도 될까?"

"미카엘라, 라고 해요. 햐쿠야 미카엘라."

그 말을 듣더니 페리드가 웃었다.

"헤에, 미카엘라. 미카구나. 좋은 이름이야."

"…그런가요?"

미카는 문득 자신의 이름을 부르던 어머니의 얼굴이 떠올랐다.

너는 특별해. 선택받은 아이라고. 무려 미카엘라라는 이름을 지녔잖니.

어머니는 그렇게 말하며 고속도로 위 차 안에서 그를 밖으로 떠밀었다.

그리고 결국, 선택받은 아이는 가축이 되었다.

"저는 이 이름을 별로 안 좋아하는데요."

"그래? 그것 참 유감이네."

페리드는 이쪽으로 다가왔다.

미카가 흡혈귀의 귀족을 올려다보고 있자 페리드는 갑자기 이런 소리를 했다.

"실은 나도 옛날에는 주인에게 '미카엘라'라고 불렸는데 말이지."

"네? 그게 대체…."

무슨 뜻인가요?

그렇게 묻지는 못했다. 페리드의 손이 어깨에 닿더니 그대로 손톱으로 목을 쓸었다.

"마실게."

"저, 저기, 그 대가는…."

"이 저택에 있는 물건을, 마음대로 해도 돼. 분명 네가 원하는 게 있을 거야. 자아, 이제 됐니?"

"…아, 네. 잘 부탁드립…."

하지만 말이 끝나기도 전에 목을 물렸다.

이빨이 살을 찢고 자신의 목에 박히는 것이 느껴졌다.

실제로 목을 통해 피를 빨리는 것은 처음이었다. 쪼옥, 쪼오오옥. 자신의 안에 있는 생명 같은 것이 빨려나가는 것이 느껴졌다.

기계로 빨리는 것과는 전혀 느낌이 달랐다.

아련한 통증과 배덕한 쾌락.

누군가가 자신의 소중한 것을 억지로 정복하는 것에 따른 미묘한 쾌감이 느껴졌고, 그것이 몹시도 굴욕적으로 느껴졌다.

"…큭."

힘이 빠져나간다.

"크, 으, 으, 아, 아아아."

힘이 계속해서 빠져나갔다. 어쩌면 죽을지도 모른다. 이대로 살해당할지도 모른다.

그렇게 생각한 참에,

"자아, 끝~ 큰일날 뻔했네. 너무 빨아서 죽일 뻔했어~"

풀려났다. 미카는 땅바닥에 손을 짚은 채 일어날 수가 없었다.

"허억, 허억, 허억, 허억."

온몸이 나른하다. 무겁다. 숨이 가쁘다.

안 된다. 이곳에는 유우는 물론이고, 다른 아이들도 데려와서는 안 된다. 이런 모습을. 이런 한심한 모습을 모두에게 보일 수는, 없다.

눈앞에 오렌지색을 띤 작은 꽃이 피어 있었다. 그 꽃에 물방울 같은 것이 한 방울 떨어졌다. 눈물이었다. 자신은 눈물을 흘리고 있었다.

머리 위에서 페리드가 말했다.

"식당에 네가 먹을 식사를 준비해 뒀어. 먹고 잠시 쉬었다가 저택에 있는 걸 물색하고 나면 오늘은 그만 돌아가렴. 만나서 반가웠어. 햐쿠야 미카엘라 군. 앞으로 잘 부탁해."

그렇게 말했다. 미카는 눈물을 닦고 미소를 짓고서,

"네, 네! 감사합니다."

…라고 답하며 고개를 들었으나 이미 페리드는 그곳에 없었다.

아무래도 이곳에 출입해도 좋다는 허가는 떨어진 것 같았다.

목을 만져보았다. 손에 피가 묻었다. 미카는 그것을 몇 번인가 문질렀다. 이제는 아까 피를 빨리던 소년이 부끄러운 듯 목을 감춘 이유를 알 것 같았다. 이런 일에 쾌락을 느껴 버린 자신이 부끄러웠던 것이다.

잡아먹히는 데 쾌락을 느끼는 가축.

그런 것으로는 살아갈 자격도 없다.

"……."

미카는 저택으로 돌아왔다. 몇 개의 방을 둘러보다 장난감을 집어 들었다. 분명 아이들이 좋아할 것이다.

식당에는 지하에 오고 나서는 본 적이 없는, 혼자서는 다 먹지 못할 정도로 많은, 맛있어 보이는 고기와 빵이 준비되어 있었다. 보자마자 엉겁결에 침을 꿀꺽 삼키고 말았다.

하지만 이건 가지고 돌아가야지. 다 함께 나눠 먹어야지. 유우랑, 아카네랑, 다 같이.

“다들, 좋아해 줄까.”

아이들의 미소를 상상하며 미카는 다소 지친 얼굴로 미소를 지었다.

당분간 이 일은 유우에게 비밀로 하기로 했다. 말하면 분명 이곳에 함께 오겠다고 할 테니.

하지만 유우가 이곳에 와서 흡혈귀에게 피를 빨리는 모습은 보고 싶지 않았다. 유우에게 그런 경험을 시키고 싶지 않았다.

유우는 늘 강하게 웃으며 흡혈귀들을 날려 버리겠다는 둥 바보 같은 소리를 했으면 하니까.

그래야만 하니까.

유우가 그렇게 말해 주지 않으면,

“이런 짓을 열심히 할 수 있을 리가 없는걸.”

미카는 미소를 지은 채 아이들에게 먹일 과일을 찾아 집어 들고서 페리드의 저택을 뒤로 했다.

아이들과 다 함께 사는 건물로 돌아와 보니 유우가 밖에서 기다리고 있었다. 팔짱을 끼고서 벽을 등진 채 묘하게 걱정스러운 표정을 짓고 있었다. 계속 저기서 기다리고 있었던 것일까.

이쪽을 발견하더니.

미소를 지었다.

"아, 야, 미카! 늦었잖아!"

그 목소리를 들은 아이들이 건물에서 나왔다.

"아, 미카 형!"

"어디 갔었어, 미카 형."

유우와 아이들의 미소를 보고나니 피를 빨려 녹초가 되었던 미카의 몸에 힘이 돌아오는 것 같았다.

유우는 부모에게 버림받았으니 가족 같은 건 없다고 했지만, 미카에게는 이곳에 있는 햐쿠야 고아원 아이들이 처음 생긴 진짜 가족이었다.

차에서 밖으로 내던지지 않을.

서로가 서로를 필요로 하고 지탱하며 사는 가족.

그는 그 가족을 지키고 싶다고 진심으로 생각했다.

아무리 처참한 곳이라 해도 다 함께 있으면 힘이 날 거다.

미카가 얼굴 가득 웃음을 지은 채,

"애들아~ 이것 좀 봐라~ 이 미카엘라 님이 대체 뭘 가져왔는지~"

그렇게 말하며 손에 든 과일을 들어보이자 아이들이 눈빛을 빛내며,

"포도다아아아아아아아아!"

난리를 피워댔다.

그 모습을 보고 유우가 웃었다.

그렇게 미소를 지은 유우를 보고 미카도 웃었다.

하지만 나는 휘말려들고 말았다.

이천 년이나 되는 시간동안 이어진 길고 긴 여정에.

페리드 바토리.

크롤리 유스포드.

세계의 파멸과 흡혈귀.

천사.

악마, 그리고.

'미카엘라'라는 저주받은 이름을 둘러싼 이야기가 지금 여기서 시작되었다—.

1권 끝

◈작가 후기◈

안녕하십니까. 카가미 타카야입니다. 처음 뵙는 분도 있을지 모르겠지만, 슈에이샤에서 소설을 내는 것은 처음이니 자기소개를 하고자 합니다. 종말의 세라프 원작, 만화 각본, 소설을 담당하고 있습니다. 이 작품을 시작하기 전에는『전설의 용사의 전설』시리즈,『언젠가 천마의 검은 토끼』시리즈 등을 집필했습니다. 양쪽 모두 애니메이션 등으로 접해 알고 계신 분들은 매번 감사합니다!

아직 안 읽어 보신 분들은 부디 그쪽도 읽어 주십시오! (웃음)

이렇게 소개는 끝내기로 하고~ 무려 종말의 세라프의 새 시리즈입니다.

현재 종말의 세라프는 코믹스로는 파멸 후의 세계를—.

코단샤 라이트노벨 문고로 간행되고 있는 소설 시리즈, 『종말의 세라프 ~이치노세 구렌, 16세의 파멸~』 시리즈에서는 고교 시절의 이치노세 구렌을 주인공으로, 세계는 어떻게 멸망해 갔는가? 하는 이야기를 집필하고 있습니다만. (고교 시절의 구렌과 신야, 쿠레토, 고시, 미토, 사유리, 시구레, 마히루가 어떻게 만나 세계 멸망과 싸웠는가 하는 이야기입니다. 페리드도 나와요(웃음))

앞서 말씀드린 두 작품은 코믹스화도 소설화도 아닌, 양쪽 모두 원작이라는 재미있는 형태로 시작되었습니다. 멸망 전과 멸망 후가 동시에 시작된 셈입니다. 이러저러해서 종말의 세라프는 두 개의 시계열이 밀접하게 얽히고설켜 오늘에 이르렀습니다만! 여기서 또 하나의 시계열이 등장했습니다! 흡혈귀측의 이야기입니다. 장대함으로 말하자면 단연 으뜸입니다. 읽어 주신 분들은 이해하시리라고 봅니다만, 이 역사 군상극 같은 형태가 모든『종말의 세라프』의 이야기와 연동이 되게끔 되어 있습니다. 이 세계에 어째서 흡혈귀가 생겨나, 지금과 같은 형태가 되었는가. 페리드는? 크롤리는? 쿠루루는? 그리고 유우, 미카, 구렌은? 독립적으로 읽을 수 있게끔 쓰고는 있습니다만, 세 시계열을 읽어나가다 보면 이야기에 숨겨둔 비밀의 트릭이 각각 풀리도록 되어 있어 16억배는 즐겁다! 는 것이 콘셉트입니다(웃음). 즐겁게 쓰고 있으니 여러분께서도 즐겨 주셨으면~ 합니다. 그러면「흡혈귀 미카엘라 이야기」, 개막입니다! 여러분, 앞으로 잘 부탁드립니다~

카가미 타카야

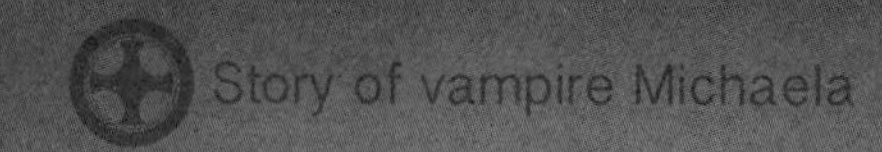

'미카엘라' —그 이름은

저주인가, 축복인가.

크롤리가 쫓는 살인자의 정체는?
숙명의 인도를 받은 자들의 행방은―?!

종말의 세라프 ~흡혈귀 미카엘라 이야기~ [1]

2017년 2월 7일 초판 발행
2022년 4월 10일 3쇄 발행

저자 카가미 타카야 | **일러스트** 야마모토 야마토 | **옮김** 정대식
발행인 정동훈 | **편집인** 여영아
편집 팀장 황정아 | **편집** 노혜림
발행처 (주)학산문화사 | 서울특별시 동작구 상도로 282 학산빌딩
편집부 02.828.8838(전화), 02.816.6471(팩스) | **영업부** 02.828.8986(전화), 02.828.8890(팩스)
홈페이지 www.haksanpub.co.kr | **등록** 1995년 7월 1일 | **등록번호** 제3-632호

원제 · OWARI NO SERAPH KYUKETSUKI MICHAELA NO MONOGATARI

ISBN 979-11-256-6994-4 04830
ISBN 979-11-256-6995-1 (세트)

값 6,800원